A Bartels

Klaus Groth.

Zu seinem achtzigsten Geburtstage

A Bartels

Klaus Groth.
Zu seinem achtzigsten Geburtstage

ISBN/EAN: 9783744680639

Hergestellt in Europa, USA, Kanada, Australien, Japan

Cover: Foto ©Raphael Reischuk / pixelio.de

Weitere Bücher finden Sie auf **www.hansebooks.com**

¹³/₁₉   Min Port   ¹³/₁₉

Klaus Groth

Kiel ¹³/₉₉

Nord un Süd —
De Welt is wiet.
Ost un West —
To Huus is't best.

Klaus Groth.

Klaus Groth.

Zu seinem achtzigsten Geburtstage.

Von

Adolf Bartels.

Leipzig.
Eduard Avenarius.
1899.

Klaus Groth wird am 24. April d. J. achtzig Jahre alt. Sein Landsmann, Dithmarscher wie er, aber fast vierundvierzig Jahre jünger, betrachte ich es als einen der großen Glücksfälle meines Lebens, daß ich ihn, dessen Gedichte ich in früher Kindheit aus dem Munde meiner Mutter und meiner Spielgenossen vernahm, noch persönlich kennen lernen und in seinem Wohn= und Arbeits= zimmer zu Kiel, der „Kajüte", manches gute Wort von ihm über meine eigenen Bestrebungen hören durfte. Es ist also zunächst ein wahres Herzens= bedürfnis, das mir die Feder zur Abfassung einer Schrift über Klaus Groth in die Hand drückt; ich möchte Zeugnis darüber ablegen, was mir seine Werke und der hinter ihnen stehende Mann sind, was ich ihnen verdanke. Aber als kritisch ver= anlagte Natur habe ich auch stets danach gerungen, Kopf und Herz im Gleichgewicht zu halten, mir

die Klarheit der Erkenntnis nicht durch die Zu=
neigung beeinträchtigen zu laffen, und so bin ich
vielleicht imstande, zugleich eine verhältnismäßig
unparteiische äfthetifch=litterarifche Würdigung des
Dichters Klaus Groth zu geben. Wer den Dichter
will verftehen, muß in Dichters Lande gehen —
in dem Lande diefes Dichters bin ich durch Ge=
burt, Erziehung, mit dem Herzen zu haufe, aber
ich habe vieler andrer Dichter Lande kennen ge=
lernt und erfahren, daß auch anderswo gut Hütten
bauen ift. Wenn ich doch zu der Überzeugung
gelangt bin, daß Klaus Groth in der deutfchen
Litteratur im allgemeinen noch nicht die Stellung
zugewiefen erhalten hat, die er feiner Bedeutung
nach verdient, fo ift das bei mir, foweit ich mir
bewußt bin wenigftens, kein Ausfluß eines Herzens=
wunfches, einer landsmännifchen Vorliebe mehr,
fondern das Ergebnis vergleichender Dichterftudien,
äfthetifcher Reflexion auf Grund des poetifchen
Verftändniffes, das mir verliehen ift. Mein Ur=
teil über Klaus Groth lautet kurz
dahin, daß er, trotzdem er hauptfäch=
lich in einem Dialekt gedichtet, doch
nicht in die von unfern Litteratur=

historikern (allerdings nur aus Bequemlich=
keitsgründen) geschaffene Kategorie der
Dialektdichter gehört, sondern einer
der großen deutschen Lyriker ist, daß
sein „Quickborn" als Gedichtsamm=
lung in der deutschen Dichtung einzig
dasteht, und daß auch seine größeren
epischen Dichtungen und seine platt=
deutschen Prosaerzählungen weit
mehr Aufmerksamkeit beanspruchen
dürfen, als sie bisher gefunden haben.
Das hoffe ich durch eine nähere Betrachtung und
sorgfältigere Untersuchung der Werke des Dichters
wirklich darthun zu können.

———

I.

Das kleine Land Dithmarschen an der
Nordsee, zwischen Elbe- und Eidermündung, dem
Klaus Groth entsprossen ist, ist durch seine große
Geschichte jedem gebildeten Deutschen bekannt. Hier
fast allein auf deutschem Boden hat sich die Entwicklung des Volkes frei und unbeeinflußt vom
Fremden, man möchte fast sagen, folgerichtig voll-
zogen, hier hat sich die urgermanische Volksfreiheit
durch die Jahrhunderte ungebrochen erhalten, ist
imstande gewesen, den Adel zu unterdrücken, die
Sklaverei spurlos verschwinden, den Bauern zum
Herrn werden zu lassen, und hat politische und
soziale Einrichtungen entwickelt, die das Dithmarschen
wenigstens der Blütezeit im fünfzehnten und sech-
zehnten Jahrhundert als einen kleinen republikanischen
Musterstaat hinstellen. Ein sächsischer (nicht friesischer)
Stamm, haben die Dithmarscher gleichsam die volle
Erbschaft ihrer von Karl dem Großen unterworfenen

Blutsverwandten übernommen und sie bis in das Reformationszeitalter stetig gewahrt, trotz fortwähren= der Versuche, sie zu unterwerfen, trotz des ihnen durch die Natur noch auferlegten Kampfes mit dem ihre Küste bespülenden Meer. Man darf wohl sagen, gerade durch den Kampf sind sie groß geworden; weder die Grafen von Stade, noch Heinrich der Löwe, weder die Grafen von Holstein, noch die Könige von Dänemark, Waldemar der Sieger an der Spitze, haben sie dauernd zu unterwerfen ver= mocht. Mit der Schlacht von Bornhövede im Jahre 1227, in der sie durch ihren Abfall von dem Dänenkönig den Sieg der verbündeten deutschen Fürsten und Städte entscheiden und damit das Deutschtum der Länder an Ost= und Nordsee für alle Zeiten sichern, beginnt ihre Ruhmeszeit; mit der Schlacht bei Hemmingstedt im Jahre 1500, wo sie das größte Heer, das der europäische Norden je gesehen, die Macht der drei Königreiche der calmarischen Union und zweier deutscher Herzog= tümer dazu, vernichten, erreicht sie ihren Höhe= punkt; sechzig Jahre später, in der sogenannten letzten Fehde geht sie zu Grunde, aber nicht ruhm= los: die dreitausend Dithmarscher, die das Schlacht=

feld bei Heide bedecken, vererben ihren überlebenden
Landsleuten zwar nicht die politische, aber die
persönliche Freiheit mit einer ganzen Reihe von
Privilegien, wie sie erst nach der französischen
Revolution allgemeine Rechte der meisten Völker
geworden sind. Ein stolzes Bauernvolk, das den
Kopf hoch tragen durfte, sind die Dithmarscher
in der Hauptsache auch nach der Unterwerfung
unter Schleswig-Holstein-Dänemark geblieben, wenn
sie nun auch zahlen mußten, herzogliche und könig-
liche Beamte (allerdings Dithmarscher Herkunft)
und sehr loyale Prediger hatten.

Wie alle Herrenrassen haben die freien Dithmarscher Bauern auf ihr gutes Blut viel gehalten,
und noch in einem plattdeutschen Gedichte des
Wesselburner Pfarrers Joachim Rachel, der um
1640 lebte, wird das Ideal eines Dithmarscher
Freiers als „lang an Leben (Gliedern), rik an
Gode und vom allerbesten Blode" charakterisiert.
Hat nun später auch eine stetige Einwanderung
(von einer früheren friesischen sei abgesehen) in
Dithmarschen stattgefunden, und zwar namentlich
von Handwerkern in die größeren Orte, so vermochte doch der kräftige Stamm wenigstens bis in

die neueste Zeit die fremden Elemente, die aber größtenteils auch niedersächsischen Ursprungs waren, vollständig in sich aufzunehmen, und daher bestand ein starkes Besonderheitsgefühl, das sich oft genug gegen die nächsten Nachbarn, die Holsten, kehrte, bestand auch allgemein der Stolz auf die große Vergangenheit Dithmarschens. „Die Dithmarscher Geschichte, als Geschichte," schreibt Friedrich Hebbel, auch ein Dithmarscher, „lebt eigentlich nicht unter dem Volk, auch ist dies nicht wohl möglich, denn mit Ausnahme der großen Schlacht von Hemming=stedt bietet sie wenig Begebenheiten und gar keine Charaktere dar, um die sich als faßliche, in die Augen fallende Mittelpunkte das Übrige herum=bewegte. Aber sie lebt als Sage, als unzusammen=hängende und oft unverständliche Überlieferung, das Kind hört in früher Jugend von starken Männern, die Königen und Fürsten die Spitze geboten, von Zügen zu Wasser und zu Land, gegen mächtige Städte gerichtet, erzählen, und wenigstens in mir entstand durch das Bewußtsein, von solchen Männern abzustammen, sehr zeitig ein Gefühl, wie es die Brust des jungen Abligen, der seiner Vor=fahren gedenkt, kaum stolzer schwellen kann." Die

Besonderheit der Dithmarscher empfanden auch ihre
Nachbarn, wenn sie ins Land kamen. So berichtet
der Holste Timm Kröger aus seiner Jugendzeit:
„Die scharfen, zähen, hartknochigen Sachsengesichter
und die dazu gehörigen weichen Sachsenherzen
hörten auf; es begann das Land der starken, gut
genährten, schönen Menschen des breiten Kinns.
Die Trachten waren bei den Weibern farbenfroher,
der ganze Mensch trat uns mehr als Persönlichkeit entgegen. Als Persönlichkeit, die ein herbes,
hartes Gemüt haben konnte und jedenfalls einen
klaren, durch Rührseligkeit nicht getrübten Blick
besaß. Das harte, mit den dumpfen Tönen
arbeitende niederdeutsche Platt meiner Heimat be-
reicherte sich mit weicheren, lebensfroheren Lauten.“
Das sagt der Nachbar, der vor allem das Unter-
scheidende sieht und zu Übertreibungen geneigt ist.
Aber die entschiedene Stammesindividualität haben
die Dithmarscher bis zur Mitte unseres Jahrhunderts sicherlich bewahrt.

Wie die Leute, ist auch das Land Dithmarschen
eigenartig genug, das Land, das hier mit Recht
erst nach den Leuten genannt wird; denn wenigstens
zur Hälfte haben sich die Leute das Land selber

geschaffen. Nicht weniger grimmig und vielleicht auch nicht weniger opfervoll als der gegen die äußeren Feinde war der ununterbrochene Kampf der Dithmarscher gegen die Nordseewogen, gegen diese aber sind sie Sieger geblieben. Aus den von Wald, Moor und Heide umgebenen Dörfern der Geest des Landes sind schon in grauer Vorzeit die Dithmarscher Geschlechter ausgezogen und haben auf dem der Flut noch ausgesetzten grünen Vor= land, Marsch genannt, Wurt auf Wurt gegründet, haben dann in einer schon historischen Zeit von Wurt zu Wurt den ragenden Deich geschlagen und auch später, bis in die Gegenwart, noch manch gutes Stück fruchtbarsten Landes dem Meere ab= gewonnen. So breitet sie sich nun zwischen der Geest, d. h. dem trocknen, hohen (Diluvial=) Land, und dem Meere aus, die Dithmarscher Marsch, „grün, so weit das Auge reicht, grüne Weiden, grünes Korn, grüne Gärten, grüne Bäume, weit umher verstreut, rund um die Bauernhöfe mit dem grün mit Moos bewachsenen Strohdach, alles schnurgerade, platt wie ein Tisch, durch schnur= gerade blanke Wassergräben abgeteilt" — so hat sie Klaus Groth selber geschildert. Bei weitem

nicht so reich und fruchtbar, aber schöner ist die
Geest, trotz Heide, Moor und Sand; sie hat Hügel,
sie hat Wälder, sie hat Bäche, eine artenreichere,
wenn auch viel weniger üppige Vegetation, auch
mehr „wilde" Tiere und Vögel. Im ganzen
bietet die Dithmarscher Geest das Bild der all=
gemeinen nordwestdeutschen, der niedersächsischen
Landschaft, die Marsch findet man ähnlich an der
Weser und in Holland wieder; eigentümlich ist
Dithmarschen aber die innige Vereinigung von
Geest und Marsch, die durch eine äußerst reiche
Gliederung des Geestgrundstockes des Landes be=
wirkt ist, immer wieder aufs neue empfindet man
den Reiz des oft jähen, oft allmählichen Übergangs
aus der einen in die andere Welt. Und dann
schwebt der historische Duft über hundert Stätten
des Landes.

Nach seiner Unterwerfung hat Dithmarschen,
obwohl es vom dreißigjährigen wie vom nordischen
Kriege hart mitgenommen wurde, im ganzen ein
Stillleben geführt. Wohl fließen Kulturwellen ins
Land hinein, aber ein regeres geistiges Leben kann
dort nicht entstehen, die Gebildeten sind doch wenig
zahlreich, das Volk hat an Bibel, Gesangbuch, einer

alten Chronik und etwa noch einem alten Rechenbuch
der Bildungsmittel gerade genug, obschon doch auch
der Bauer, der die Meldorfer Gelehrtenschule besucht hat und Virgils Georgika hinter dem Pfluge
lesen kann, nie ganz ausstirbt. Dennoch führt
der kleine Stamm, wie alle gesunden und kräftigen
Stämme, seinen Talentbeitrag an das große deutsche
Volk regelmäßig ab. Es giebt manche Kirchen-
liederdichter und ihrer Zeit berühmte Theologen
aus Dithmarschen, von den Lokalgrößen ganz abgesehen. Dauernd bekannt ist zuerst der opitzianische
Satiriker Samuel Rachel geblieben, der zu Lunden
geboren wurde und auch eine Zeit lang in seiner
Heimat als Rektor im Amte stand. Meldorf, die
alte Landeshauptstadt Dithmarschens, gebar aus
alter berühmter Familie den Hainbundbichter
Christian Heinrich Boie, der wohl kein großer
Poet, aber ein treuer Freund Bürgers und Heraus-
geber des wichtigen „deutschen Museums" wurde.
Er lebte später als Landvogt in seiner Heimat
und sah den kleinen Barthold Georg Niebuhr, den
Sohn des Reisenden Carsten Niebuhr, aufwachsen,
während gleichzeitig der bei Marne gebürtige
Klaus Harms, der spätere berühmte Theologe,

eine Dithmarscher Kernnatur, aus einem Müller=
burschen ein Student ward. Etwa dreißig Jahre
später, in den dreißiger Jahren unseres Jahr=
hunderts, standen sich zu Heide oder Wesselburen
die beiden Persönlichkeiten zum ersten und letzten
Male gegenüber, auf denen der poetische Ruhm
des heutigen Dithmarschens vor allem beruht,
beide damals noch gänzlich unberühmte Kirchspiel=
vogtschreiber, der eine einundzwanzig=, der andere
fünfzehnjährig: Friedrich Hebbel aus Wesselburen,
geboren im Jahre 1813, und Klaus Groth aus
Heide, geboren im Jahre 1819. Sie verkörpern,
jeder in seiner Art, das Dithmarscher Volkstum.

II.

Das Dithmarscher Stillleben war
durch die Befreiungskriege, in denen Dänemark
bekanntlich auf Seiten Frankreichs stand und
Schleswig=Holstein infolge dessen einen Einbruch
der Schweden und Russen zu erdulden hatte, noch
einmal unterbrochen worden; dann setzte es sich bis
in die vierziger Jahre unseres Jahrhunderts, wo

die politischen Kämpfe zwischen Schleswig-Holstein und Dänemark begannen, in alter Weise fort. Klaus Groth, dessen Jugend in die auch für das übrige Deutschland ziemlich stille Zeit fällt, hat es vortrefflich geschildert: „Die Unruhe war immer draußen. Wir lasen von dem Lärm unten in der Türkei oder oben in Spanien ebenso, wie wir von dem Vesuv erzählten, der nun wieder Feuer speie, daß es auf Häuser und Dörfer niederregne. Bei uns hatten wir weder feuerspeiende Berge, noch Krieg und Kriegsgeschrei. Wer sollte es anfangen? Kein Mensch, den wir kannten. Napoleon war tot und lag still begraben auf seiner einsamen Insel, der kam nicht wieder, und in Paris hatten sie einen Bürgerkönig, ähnlich wie wir einen Bürger-Deputierten. Es war auch vorbei mit den Revolutionen seit dem nassen Sommer 1830, wo es bei uns regnete, daß man kaum einmal unseres Herrgotts liebes Korn einbringen konnte und mancher Morgen Weizen auf dem Halm auswuchs, ein schauerlicher Sommer! Nein, der Mann sah nicht danach aus, daß er etwas anfangen werde wie Bonaparte und seine Generale, die immer wie auf dem Theater gingen, Pelzmäntel um bei den Pyramiden. Er

glich mit seinem Haarschopf mehr einem Frank-
furter Friseur oder einem Hamburger Bankier.
Der würde es nicht thun. Wir hatten überhaupt
nichts mehr erlebt, seit General Chassee Antwerpen
belagert hatte, und die neue Art Riesenmörser
Bomben von tausend Pfund ins Süderteil
(„Süderdeel", volksetymologisch für Citadelle)
schmiß, die durch die Kasematten fielen und
dröhnten, daß den Kanonieren das Blut aus den
Ohren lief. Das war das letzte, was wir noch
lebendig aus den Avisen (Zeitungen) gelesen hatten,
wir, die wir nicht gerade zu den Ältesten gehörten.
Übrigens also auch, wie alles andere, weit weg
und lange her und bloß etwas, darüber zu
plaudern. Einen wirklichen Soldaten — nicht aus
Blei und nicht auf einem Ruppinschen Bilderbogen
— hatte manch einer von den Jüngern in seinem
Leben nicht gesehen, es sollte denn sein, daß ein
Dorfsjunge, der in Kopenhagen bei der Garde
stand, so viel von einem Narren in sich gefressen
hatte, daß er mal nach Hause kam in dem roten
Rock mit Schwalbenschwanz und ein Käsemesser
an der Seite, um sich zu zeigen. Dann konnte
er aber auch sicher sein, daß die Kinder in Todes-

angst schreiend vor ihm wegliefen, selbst die, die zur Not dem Schornsteinfeger Guten Tag sagten, und die Frauenzimmer flüchteten hinter die Thür, um zu beobachten, wo der Mann hinsteuere; denn ein roter Rock brachte nichts Gutes, wo er hinkam, Vogtsdiener und Stockmeister waren die einzigen, die ihn trugen, freilich einen langen — bis es sich aufklärte: es sei Geesche Wolds närrischer Bengel, der auch was besseres thun könne, als „Schönhose“ zu spielen, sollte lieber der Alten seine paar Schillinge schicken, wenn er welche übrig hatte. — Also, wer sollte bei uns das Feuer anzünden? Denn unsere Könige konnten auch keine Leute bange machen, wenn man mal einen sah. Die liefen eben so wie wir nach den Schulen und in die Kirche, höchstens auch noch nach dem Stock= haus (Gefängnis), was wir lieber bleiben ließen. Dafür interessierten sie sich und wir mit ihnen. Der alte Friedrich mit dem schmalen Gesicht und dem schneeweißen Haar, das früher mal flachsgelb gewesen war, wie man noch sah, lief wie eine Bekassine (plattdeutsch „Tüt“) sogar auf den Dörfern mir nichts dir nichts von seinem Wagen aus auf das Haus zu mit den zwei Schornsteinen

2*

und den vielen Fenstern, was immer das Schul=
haus bedeutete, und sein ganzer Trupp von dicken
Herren im Trab hinterher, als liefen sie vorm
Regen in die Scheune. Er kam immer zu früh.
Der dicke Christian der Achte kam immer zu spät.
So wechselte es bei uns ab. Doch konnten wir
es wohl leiden. Unsere Schulmeister kamen in
Trab, unsere Schulhäuser in Staat, unsere Schulen
in Schwung. Wir redeten mit von der Methode
und dem „wechselseitigen Unterricht", wobei es
soldatisch herging und unsere Bübchen „Gehilfen"
wurden. Die Präceptoren (Persepters) vom
Lande mußten nach Heide und nach Meldorf, die
Kunst nachzulernen und lange Register zu
führen mit vielen Linien, roten und blauen, in die
Länge und in die Quere, die Schulstuben mußten
danach gebaut, die Tische danach eingerichtet
werden. Die Jungen wurden numeriert, was
manch einen ärgerte, der einen guten Namen
hatte, und kleine Leute (Leute aus dem niederen
Volke) freute, daß ihre ebenso gut seien. So liefen
wir denn nach den Schulprüfungen wie nach einer
Parade und freuten uns so gut an dem Lehrer
und dem Pastor, der ihm die Lobrede hielt, wie

an unserer Jungen Antworten. Denn wir hatten
ihn selbst gewählt, den Priester und den Präceptor,
es ging unserer Ehre nahe, wenn sie sich aus-
zeichneten: Wir wußten den Unterschied zwischen
einem Autodidakten und einem Seminaristen und
zwischen einem Kandidaten mit dem dritten
Charakter „nicht ohne Bedenken" bis hinauf zu
dem mit dem ersten cum laude oder „in Er-
mangelung eines bessern". .... Und wenn wir
uns Sonntags nach der Predigt im Krug ge-
stritten hatten, ob es nach Klaus Harms' Ansicht
sei oder nicht, was uns der Kandidat geprebigt,
den zu hören wir eine Meile Wegs gelaufen, so
kam der vielleicht nachher bei einer Kindtaufe
mitten zwischen uns und erzählte uns, wie es in
der Welt aussähe, so weit wir's nicht aus dem
Itzehoer Wochenblatte und dem Altonaer Merkur
gelesen hatten. So war die Zeit. Eine schöne
Zeit! Wir lebten in einer Ruhe, als läge die
Welt im Mittagsschlummer, und an Aufstehen
wäre nicht zu denken als zu einer ruhigen Vesper-
zeit."

Es war in der That eine schöne, eine glückliche Zeit — auch wer zum laudator temporis

acti keinen Beruf in sich verspürt, muß es zu=
geben. Mochte man sich um die Welt draußen
möglichst wenig kümmern, sein eigenes Leben lebte
man doch mit vollem Behagen aus, ohne die
moderne Hast und Unruhe, aber darum doch
keineswegs in Schlaf und Traum, vielmehr sehr
frisch und sehr munter, man kann sagen, auch
individueller als heute; denn noch war die
moderne Gleichförmigkeit nicht über die Menschheit
herabgesunken. Eben diese Zeit ist es, die zuletzt
ein eigentümliches Volksleben sah, wenigstens in
Dithmarschen; noch dauerten Reste der alten
Tracht, noch waren die alten Sitten im ganzen
ungebrochen, die alte Sage, der alte Aberglaube
lebendig, noch gab es wahrhafte Volksfeste, noch
zwanglose Zusammenkünfte von Jung und Alt in
den Privat= statt in den Wirtshäusern, noch war die
große Lohdiele der beliebteste Tanzplatz. Vor allem
aber, der Sinn der Leute war noch nicht unruhig
geworden, die Sorge noch nicht allzugroß, das
Heimatgefühl war noch unglaublich stark, der
soziale Ehrgeiz fehlte oder fand sich doch höchstens
bei den Honoratioren. Vom großen deutschen
Vaterlande wußte man in dieser Zeit in Dith-

marschen noch nicht viel, von Dänemark hielt man wenig, man führte eben seine Dithmarscher Sonder= existenz und fühlte sich wohl dabei. Langsam drang freilich, wie es auch die angeführte Schilderung Klaus Groths ergiebt, die Bildung ins Land, poetische Gemüter lernten es in diesen Tagen, sich an Goethe und Schiller zu entzücken, aber nichts kam gewaltsam, nichts beirrte und verwirrte die Leute; sie standen mit festen Füßen auf ihrer Heimaterde, und sehr viele wuchsen zu homines sui generis oder auch zu Originalen und Sonderlingen empor. Abseits lag das Länd= chen freilich, eng war die Welt seiner Bewohner, und es ist wohl zu begreifen, daß der Genius eines Friedrich Hebbel, dem dazu noch unglückliche Verhältnisse die Jugend geraubt hatten, hinaus= strebte. Wer aber eine Jugend gehabt wie Klaus Groth, der konnte von dieser Heimat nicht los= kommen sein Leben lang.

III.

Klaus Groth ist ein Heider. Die jetzige Stadt Heide, zur Zeit der Jugend des Dichters noch ein Flecken von vier-, fünftausend Einwohnern, ist seit der Mitte des fünfzehnten Jahrhunderts, wo sie auf der Roestorper Heide (daher noch die Heide im Volksmunde) mit dem großen, der Dithmarscher Volksversammlung dienenden Marktplatze gegründet wurde, der Mittelpunkt des dithmarsischen Verkehrslebens, und davon hat der Charakter ihrer Einwohnerschaft, die zu einem großen Teil sicher von auswärts eingewandert ist, sein Gepräge erhalten. Der Heider ist strebsam, geschäftsgewandt, schlau, sehr beredt, meist ohne höhere Interessen und nicht allzu gemütvoll, aber er hat eine scharfe Beobachtungsgabe, viel gesunden Menschenverstand und schlagenden Witz, kurz, er ist der Berliner Dithmarschens und erfreut sich auch ähnlicher Wertschätzung bei seinen Landsleuten, wie der Reichshauptstädter bei den übrigen Deutschen. Heider Viehhändler, Krämer aller Art, Schuster waren allezeit auf allen Märkten Dithmarschens zu finden, und es gewährt noch heute einen fast dramatischen Genuß, namentlich die ersteren im Verkehr mit dem Landvolk zu beobachten, ihre in bestimmter Richtung sehr reich ausgebildete Sprache zu vernehmen. Mit dem echten Heider Jungen hatte Klaus Groth nun freilich nichts gemein, erst sein Großvater war aus dem kleinen norder-dithmarsischen Dorfe Högen eingewandert, und es hatte sich in der Familie das tiefere Gemütsleben erhalten, das den niedersächsischen Dithmarschern so wenig fehlt wie den niedersächsischen Holsten, wenn es sich auch vielleicht spärlicher verrät. Daß aber das Aufwachsen unter einer so emsigen, scharfäugigen und niemals ein Blatt vor den Mund nehmenden Bevölkerung, wie es die Heides ist, Klaus Groths Entwicklung vielfach beeinflußte, braucht nicht des näheren auseinandergesetzt zu werden.

Das Geburtshaus des Dichters steht noch auf der sogenannten Lütjenheide (Kleinheide), dem süd-östlichen, schon mehr dörflichen Teile des Orts, unfern des Hauses, aus dem der Vater von Jo-hannes Brahms, in dem man auch die Dithmarscher Natur nicht verkennen kann, in die Welt gezogen ist. Der Vater Klaus Groths war Müller, be-trieb zuerst einen Milch- und Mehlhandel — ersterer setzte Landwirtschaft voraus — und er-warb erst später eine Mühle. Die Mutter des Dichters starb früh. Er ist, ganz ungleich Hebbel,

in behäbigen Verhältnissen aufgewachsen. „Nächst
der reichen Peters und dem alten Müller Sootmann
waren wir die ansehnlichsten Leute auf Kleinheide.
Wir hatten Land und Kühe, Garten und Obst,
Hühner, Enten und Tauben. Was wir aßen,
bauten wir selbst, Torf gruben wir auf unserm
eigenen Moor. Als Bürgersleute hatten wir Über=
fluß. Ich habe noch selten in meinem Leben so
schöne süße und saure Milch, selbstgemachte Butter,
Erbsen und Bohnen aus dem Garten, Kartoffeln
aus eigenem Land, Äpfel und Birnen, Pflaumen,
Kirschen und Stachelbeeren gegessen oder Rosen
und Aurikeln gerochen wie damals." Aber des
Dichters Familie stand ganz im Volke, er wurzelt
mit allen Fasern seines Wesens darin. Dem
Honoratiorentum, das, wie in ganz Schleswig=
Holstein, auch in Dithmarschen nach und nach zur
vollen Ausbildung gelangt und vom Volke gleich=
sam durch eine unsichtbare Mauer getrennt war,
hat er sein ganzes Leben lang fremd, wenn auch
nicht feindlich gegenübergestanden. Bekanntlich ent=
stammt ihm der dritte der großen schleswig-hol=
steinischen Dichter unseres Jahrhunderts, Theodor
Storm — man merkt's auch seiner Poesie an.

Friedrich Hebbel unten, der Proletariersohn, Theodor
Storm, der Patriciersohn, oben, Klaus Groth in
der glücklichen Mitte, so sind die drei Dichter auf=
gewachsen, und Klaus Groth ist, wie nicht anders
zu erwarten, der gesundeste, natürlichste und volks=
tümlichste geworden. Er kennt das Volk, er schätzt
und liebt es, mehr, er weiß, daß er zu ihm gehört,
und will auch nicht drüber hinaus. Das Volk ist
nicht die ungebildete, am Boden klebende Masse,
als die es der deutsche Bildungsmensch ansieht:
„Mein Großvater hat beim Torfstechen und Heu=
machen,“ so erzählt der Dichter, „mit seinem Sohn
und diesem oder jenem Arbeitsmann, den wir
hielten, über Tod und Leben gesprochen — und
ich hörte zu — und ich muß sagen, viel Besseres
habe ich nachher darüber auch nicht in all meinen
Büchern gefunden, mochten sie sogar von Schopen=
hauer oder Strauß geschrieben sein.“ Und an
anderer Stelle: „Fast keinen Mittag saßen wir,
damals vier große Brüder und eine Schwester,
bei dem Alten am Tisch, ohne daß eine Menge
von drolligen Bemerkungen, Beobachtungen über
Menschen, lebensvolle Mitteilungen aller Art unsere
Mahlzeit zu einem Feste machten. Ich habe nie=

mals wieder so klare, gesunde Urteile über Leute,
zu tiefe Blicke in ihr Treiben und Denken aussprechen hören wie damals. Ich habe gefunden,
daß größere wissenschaftliche Bildung durch-
schnittlich wieder den Blick für die reale Welt
trübt, eine Menge Vorurteile entstehen läßt, namentlich den Stolz, der immer gleich mit den Dingen
fertig ist, eine Überschätzung der Formen des Aus-
drucks und Verkehrs, die darüber den Gehalt ver-
gißt." Ach Gott, wie unendlich viel weiter hat
sich der Abgrund zwischen Volk und Gebildeten
seit den Jugendtagen Klaus Groths aufgethan.

Außer Klaus Groths Verhältnis zum Volke
ist das zur Natur seiner Heimat für das Ver-
ständnis seiner Dichtung wichtig. Heide liegt noch
auf der Geest, aber die Marsch ist nahe; beider
Reiz und den Reiz ihres Zusammenwirkens hat
der Dichter früh erfaßt. Er mußte als Knabe,
sobald er die Hände rühren gelernt hatte, mit
hinaus zu den Kühen, zum Heuen und Torfmachen,
und nichts verbindet mehr mit der Natur, als die
Arbeit in ihr. Er durfte dann, als er größer
geworden, Fahrten zu Verwandten auf der Geest
und in der Marsch unternehmen, und namentlich

der Weg nach Tellingstedt, über Heide, durch Wald und Moor, an Hügeln vorbei, von denen man ein gut Teil Dithmarschens überblicken konnte, und der Aufenthalt in diesem Dorfe mit seinem großen Mühlenteiche sind Hauptstücke seines Kindheitsidylls geworden. In späteren Tagen hat er die heimische Natur dann auch bewußt studiert, ihrer Flora vor allem die höchste Aufmerksamkeit zugewandt. Dem Stifterschen Naturquietismus, dem sich Storm gelegentlich nähert, ist er aber immer fern geblieben, auch hier hält er wieder die glückliche Mitte — Hebbel, der Sohn der formenarmen Marsch, hatte kaum ein näheres Verhältnis zur Natur —, er sieht die realen Dinge mit ihrer natürlichen Stimmung, trägt aber nie rein individuelle Stimmung in sie hinein. Ich kenne wenig Dichter, deren Verhältnis zur Natur trotz aller Liebe so gesund und natürlich geblieben wäre.

Es ist das Leben, das Klaus Groth das meiste gegeben hat, die Schule kam daneben zunächst wenig in Betracht. Heide hatte keine höhere, nur eine Volksschule, und diese hat der Dichter im Sommer nicht einmal regelmäßig besucht. Aber

das Lernen ward ihm leicht, und als er vierzehn
Jahre alt war, da erklärte der Rektor, daß er dem
begabten Schüler in der Gemeinschaft der anderen
nichts mehr beibringen könnte, wie ihn auch der
Pastor vom Konfirmandenunterricht dispensierte.
Was nun? Die Sehnsucht nach den Büchern war
groß, aber der Ehrgeiz, zu studieren und studieren
zu lassen, noch nicht entwickelt in Dithmarschen;
man that den Jungen also, freilich nicht der Not
gehorchend, wie einst Hebbels arme Mutter, zum
Kirchspielvogt von Heide als Schreiber. Hier fand der
heranwachsende Jüngling, was er zunächst begehrte,
Bücher und Zeit, sie zu lesen, fand vor allem einen
Goethe, damals noch etwas sehr Seltenes in Dithmarschen. Und während das Heider Leben mit seinem
regen Marktverkehr, mit den gelegentlichen großen
Ereignissen wie dem Eintreffen einer Schauspieler-
gesellschaft, ihn noch drei Jahre lang weiter umfloß,
drang der Jüngling langsam in die Welt der Bildung
ein. Mit achtzehn Jahren bezog er, nachdem sein
Wunsch, zu studieren, allgewaltig geworden, das
Schullehrerseminar in Tondern — für Gymnasium
und Universität reichten doch des Vaters Mittel nicht,
man glaubte auch wohl, daß es schon zu spät sei.

———————

IV.

Wie Klaus Groth Dichter geworden, ist eine
sehr besondere Geschichte, der aus hundert Dichter=
biographien bekannte Entwicklungsgang ist
der seinige eben nicht gewesen. Die stärksten poeti=
schen Eindrücke hat er, eigenem Zeugnis nach, in
seiner Kindheit durch die deutschen Volkslieder ge=
habt, wohl verstanden, durch die hochdeutschen;
denn niederdeutsche waren damals nur mehr in
Bruchstücken im Volksmunde. Das bekannte Wort
„Holsatia non cantat" hat für Dithmarschen nie
gegolten, wie es denn wohl überhaupt nur eine
unberechtigte Übertragung des eher berechtigten
„Frisia non cantat" auf ein anderes Land ist;
so viel Volkslieder hörte Klaus Groth in seiner
Jugend singen, daß ihm später, als er an die
Volksliedsammlungen kam, dort nur sehr weniges
unbekannt war. Einmal hat er, wie er erzählt,
und zwar als Zwölfjähriger, ein hochdeutsches Lied
ins Plattdeutsche übertragen und von einem Ge=
nossen singen lassen, was wenigstens als Beweis
dafür gelten mag, daß ihm das Plattdeutsche
immer die Herzens=, die natürliche Sprache war.
Als Schreiber hat er dann hochdeutsch gedichtet,

und seinen Freunden haben seine Produkte so gut
gefallen, daß sie ihm empfahlen, sie, wie es Hebbel
gethan hat, in die Wochenblätter zu geben.
Klaus Groth hat es aber nicht gethan, vielmehr
— und das ist das Merkwürdige in seiner dichterischen Entwicklung — der Poesie für ein volles
Jahrzehnt Valet gegeben, „um erst etwas Ordentliches zu lernen". Man darf die Entwicklung
eines Dichters andern nicht als Muster vorhalten,
aber, Herrgott, welch ein Segen für das deutsche
Volk wäre es, wenn alle seine Talente einen ähn-
lichen Entschluß fassen und so treu an ihm fest-
halten würden, wie es Klaus Groth gethan hat.

Er hat in der That etwas Ordentliches gelernt. Schon als Schreiber hatte er mit Fran-
zösisch und Englisch den Anfang gemacht, auf dem
Seminar, das ihm als Bildungsquelle natürlich
nicht Genüge that, kam das Latein hinzu, mit dem
Griechischen wurde wenigstens ein Versuch gemacht, Dänisch und Schwedisch, später auch
Italienisch, vor allem Altdeutsch und Altnordisch
schlossen sich an. Und die Sprachstudien wurden
nicht etwa bloß praktisch betrieben, Sprachgeschichte
und Sprachphilosophie standen dem jungen Manne

von vornherein im Mittelpunkte. Neben den
Sprachen liebte Klaus Groth vor allem Mathe=
matik und Naturwissenschaften, und auch in diesen
hat er es so weit gebracht, daß er astronomische
Rechnungen übernehmen und Physiologie der
Organismen studieren konnte, daß ihm die gesamte
Flora des Nordens bekannt war. Recht in die
Blüte schossen all diese Studien freilich erst, als
der Dichter sein Seminarexamen bestanden hatte
und Mädchenlehrer in seinem Heimatorte geworden
war. Es war eine seltsame Erscheinung, dieser
Heider Schulmeister, der mit Hilfe neuer päda=
gogischer Methoden seine Schülerinnen viel weiter
brachte, als sie eigentlich kommen sollten, der im
Heider Bürgerverein naturwissenschaftliche Vorträge
hielt, botanische Exkursionen unternahm, das eifrigste
Mitglied des Gesangvereins war und dann noch
die Nächte verstudierte — die akademisch gebildeten
Honoratioren von Heide schüttelten die weisen
Köpfe über ihn und wunderten sich, daß der Pastor
Krogmann und der Landvogt Bohsen doch etwas
auf ihn gaben. Nun, sie behielten wie immer recht,
es ging wirklich nicht mit diesem Schulmeister, er
nahm im Sommer 1847 seine Entlassung, seine

körperliche Kraft war zu Ende. Und dann ver=
schwand er, fünf Jahre lang. Als er wieder auf=
tauchte, war er der Verfasser des „Quickborns".

„Der Dichter hat gar nichts Wichtigeres zu
thun, als sich des ganzen Gehaltes der Welt und
der Zeit nach Kräften zu bemächtigen," sagt Hebbel
einmal, und er hat dabei direkt die Wissenschaft
im Auge. Ein andermal meint er, daß man den
Baum an der Wurzel begießen muß, wenn die
Zweige blühen sollen. Diese beiden Sätze er=
klären uns einigermaßen, wie Klaus Groth sich
mit seinen Studien scheinbar von der Poesie weit
abwenden und doch ein bedeutender Dichter werden
konnte. Wenn Müllenhoff in der Einleitung von
1856 zum „Quickborn" freilich erklärt, daß, was
Klaus Groth als Dichter geleistet, nur durch seine
wissenschaftliche Ausbildung möglich gewesen sei,
so ist er auf einem der Irrwege, auf denen sich
die Herren Philologen, wenn sie über Dichter
sprechen, so oft befinden: Klaus Groth ward ein
ganzer, reifer Mann durch seine Studien, und eine
Leistung wie der „Quickborn" erforderten in der
That einen solchen, aber das poetische Leben des
Werks, das, worauf es ankommt, quoll ihm doch

aus seinem Talent und seinem Jugendleben zu,
unmittelbaren Anteil daran hatte der Natur=
wissenschaftler nicht, nicht einmal der Sprach=
forscher. Gewiß war der Weg, den Klaus Groth
ging, für ihn der richtige, aber man glaube doch
nur nicht, als ob er seine Gedichte durch diesen
Weg, gleichsam als Lohn dafür, erworben habe;
die fielen ihm dennoch, als er am Ziel war, wie
reife Äpfel in den Schoß. Der Dichter selber
hat allerdings auch von der Schwierigkeit seines
Weges und, daß er oft der Verzweiflung nahe
gewesen sei, geredet, aber da hat er sicher nicht
an die Schwierigkeit seiner wissenschaftlichen
Studien gedacht, nicht einmal an die seiner
sprachlichen Studien, die ihn mit der Dichtung,
welche er etwa als Vorbild gebrauchen konnte,
vertraut gemacht hatten; die Schwierigkeit für ihn
bestand darin, einen poetisch bisher kaum ver=
wendeten Dialekt zu wahrhaft poetischem Leben
zu erwecken, sich das Instrument seiner dichterischen
Sprache, und zwar einer vollwertigen Sprache, zu
erbauen. Das war eine ungeheuere Aufgabe,
Studien, wie andere Dichter es in ähnlichem Falle
gemacht, konnten dabei helfen, aber die Aufgabe

war nicht wissenschaftlicher, sondern wesentlich poetisch-technischer Natur, dies freilich im höchsten Sinne. Und eben darum war die Aufgabe so ungeheuer, weil e i n Mann zu leisten hatte, was sonst in der Regel eine ganze poetische Ent= wicklung oder doch eine ganze begeisterte Generation junger Talente leistet.

Was Klaus Groth auf die Idee brachte, den Schatz, der in der niederdeutschen Sprache ver= borgen lag und verloren zu gehen drohte, durch ein Kunstwerk, durch Gedichte zu retten, hat er selber nicht bestimmt angeben können. Solche Ideen werden eben und wachsen dann unwider= stehlich. Was von plattdeutscher Dichtung bis in den vierziger Jahren unseres Jahrhunderts da war, konnte Klaus Groth gar nichts helfen auf seinem Wege, es war eben „platt", d. h. gemein, und niemand glaubte, daß das Plattdeutsche anders als zu derbkomischen oder parodistischen Sachen zu gebrauchen sei. Da lernte der Dichter bei seinem Freunde, dem Pastor Markus Petersen in Tellingstedt Hebels „Alemannische Gedichte" kennen, las sich „rebig dun" (fast betrunken) daran, und nun war „sein Los beschlossen", d. h.

die Gewißheit da, daß die Idee Wirklichkeit werden
könne. Freilich, lernen konnte der Dithmarscher
von dem Alemannen sehr wenig, „Die Alemannen
erscheinen uns bei Hebel als Kinder" hat er
später sehr richtig gesagt. Mehr nützte ihm Robert
Burns — die Schotten und Dithmarscher haben
Verwandtschaft, kehrt doch, um hier nur Äußer=
liches zu nennen, etwas wie das Clanwesen der
Schotten, selbst der Wald von Dunsinan in Dith=
marschen wieder. Aber die Hauptarbeit mußte
Klaus Groth doch selber thun — und selbst die
Freunde zweifelten: „Das können Sie nicht, dazu
sind Sie zu gelehrt, zu voll von Sprachkunst, nicht
einfältig genug." Daß, wenn der Dichter nur recht
tief heraufholt, all der Ballast abfällt, das wissen
die Freunde, die nicht Dichter sind, freilich nicht.
Ich will hier die poetisch=technische Arbeit, die
Klaus Groth zu leisten hatte, nicht näher charakteri=
sieren, will nur kurz erwähnen, daß mit ihr, wie
natürlich, das ästhetische Reifen, die Erkenntnis
dessen, was ein Gedicht sei, Hand in Hand ging
— genug, die Zeit kam, wo die Äpfel reif wurden.

Der Dichter hatte sich nach Aufgabe seines
Schulamts zu seinem Freunde, dem Organisten

und Lehrer Leonhard Selle in Landkirchen auf der Insel Fehmarn geflüchtet. Sein Gesund= heitszustand wurde nicht besser — natürlich nicht, denn er studierte immer weiter und hat auf Fehmarn so viel zusammengelesen, „daß es wohl vier Pferde nicht ziehen könnten". Aber während das Kriegs= gewitter der Erhebungsjahre über Schleswig=Hol= stein stand, schuf Klaus Groth nun auch Gedicht über Gedicht, oft drei an einem Tage. „Je drückender das körperliche Leiden auf ihm lastete, desto sonniger und farbenreicher erschienen ihm nun die Tage seiner Kindheit. Die Sehnsucht, kann man sagen, hat den ,Quickborn' gedichtet," schreibt Müllenhoff. Damit trifft er wohl das Richtige, sie war wohl das treibende menschliche Motiv. Und ebenso kann man zustimmen, wenn der gelehrte Germanist den „Quickborn" „die reife Frucht eines durch das angestrengteste Streben in sich vollendeten und gebildeten Geistes" nennt. Er hätte nur noch hinzufügen sollen „d i c h t e r i = s c h e n Geistes", denn die wissenschaftliche Thätig= keit, die Klaus Groth „die ganze Strenge der Forderung des Objekts kennen gelehrt hatte", kam beim Schaffen selbst doch wohl schwerlich in

Betracht, und der Dichter schuf seine Verse auch
kaum, um, wie Müllenhoff so schön sagt, „jener
Forderung in der Poesie im freiesten Spiele mit
dem Stoffe zu genügen“. Ich denke, er schuf,
weil er mußte, und er brachte Vollendetes zu
stande, nicht, weil er partout wollte, sondern weil
er reif geworden war*). Klaus Harms und

---

*) In einem mir soeben bekannt werdenden neuen Auf-
satze Klaus Groths „Wie mein Quickborn entstand“, Deutsche
Revue, Februar und März 1899, finde ich die Bestätigung
meiner Auffassung: „Der Quickborn ist natürlich nicht als
Buch erdacht und geschrieben, etwa wie „Ut de Franzosentid“,
er ist eine Sammlung von Gedichten, allmählich entstanden
im Laufe von Jahren, endlich zusammengestellt und auf ge-
wisse Art abgerundet. Meine vorbereitenden Studien
haben nur dadurch ihren Wert, daß sie mir die
Bahn reinigten und das Ziel sicher treffen lehrten.
Denn warum waren meine Vorgänger falsch gegangen und
ohne Wirkung vergessen? Was ich nicht machen mußte,
mußte ich vor allen Dingen wissen. Ob dann noch ein Weg
übrig blieb, das mußte sich finden. Gesucht werden mußten
all die verschiedenen Töne, die ich, der erste, in plattdeutscher
Sprache angeschlagen habe; ob dichterische Kraft vor-
handen war, frisch und frei in ihnen zu singen, das
ist eine vom Wissen und Studium ganz unab-
hängige Sache. Gebraucht waren diese Töne nie; Rhythmus,
Reim, Wort- und Taktregister, Bilder lagen nicht gedruckt vor,
wie in hochdeutscher Poesie. Sie mußten alle mündlich er-

Gervinus lernten die Gedichte im Manuskript kennen, für die nach langer Überlegung der Titel „Quickborn" (frischer Brunnen, Jungbrunnen) gewählt wurde. Anfang November 1852 erschienen sie bei Mauke in Hamburg.

V.

„Quickborn. Volksleben in plattdeutschen Gedichten Dithmarscher Mundart" lautete der volle Titel der Gedichtsammlung. Sie wurde geradezu begeistert aufgenommen, wozu auch die Zeitumstände, die eben neu etablierte Dänenwirtschaft in Schleswig=Holstein beitrugen. „Zündend schlugen die Dichtungen in alle Herzen," schreibt ein Zeitgenosse, „bei Bürger und Bauer, bei Gebildeten und Ungebildeten, bei Kindern und Erwachsenen, überall fanden sie Widerhall, und begeistert jauchzte das Volk, für das er gerungen, seinem Dichter Beifall zu, der über Land und

---

horcht, dem Volke, alten Reimen abgelauscht werden." Müllenhoff in der „Einleitung" nimmt alles viel zu abstrakt und wirft den Werdeprozeß des dichterischen Individuums und den eigentlichen dichterischen Schöpfungsprozeß durch einander.

Leute und die traurige Wirklichkeit die Zauber
seiner Poesie ausgegossen." Auch im überelbischen
Deutschland ward unzweifelhaft der Erfolg mit
dadurch bestimmt, daß das Buch aus dem Lande
des verratenen Bruderstamms kam. Doch hätte,
darüber soll man sich nicht täuschen, der „Quick=
born" unter allen Umständen seinen Weg gemacht;
wenn je eine lyrische Sammlung eine That war,
so war es diese. Nicht nur, daß der Dichter,
wie er sich vorgenommen, die Ehre der platt=
deutschen Sprache gerettet, d. h. erwiesen hatte,
daß sie keineswegs die zum Untergang bestimmte
rohe Mundart des „gemeinen" Volkes, sondern
die Herzenssprache eines guten Teiles des deutschen
Volkes, und nicht des schlechtesten, und zum Aus=
drücken eines reichen Gemütslebens nicht nur be=
fähigt, sondern für die niederdeutsche Menschheit
geradezu berufen sei, er hatte auch eine neue
poetische Welt entdeckt: Zum erstenmal wurde den
Niederdeutschen selbst bewußt, wie unendlich reich
ihr Leben und die Natur ihrer Heimat an poeti=
schen Elementen sei, zum erstenmale merkten dies
auch die Oberdeutschen, die das Flachland an
Weser, Elbe und Eider trotz Immermanns „Ober=

hof" und den Gedichten der Droste = Hülshoff
immer für einen poesieverlassenen Winkel, seine
Bewohner für plump und nüchtern gehalten hatten
und in diesem Glauben von den Gebildeten dieser
nordischen Striche selbst bestärkt worden waren.
Ja, es ist gewißlich wahr, Klaus Groth hat das
Niedersachsentum — um dieses handelt es sich
vornehmlich — poetisch entdeckt, dichterisch zum
Sprechen gebracht, und Theodor Storm und
Wilhelm Raabe, deren Hauptreiz aus der Dar=
stellung eben dieses Volkstums erwächst, haben
sich sicherlich bei ihm zu bedanken. Ich weiß
recht wohl, daß bereits eine ältere hochdeutsche
Poesie einmal stark niedersächsisch war, die des
Hainbunds, der Bürger, Claudius, Voß, Hölty,
und ich sehe die Linie klar, die von diesen Dichtern
zu Klaus Groth führt, ich will auch dem Stolz
der Westfalen, Annette von Droste=Hülshoff nicht
ihren Ruhm rauben, aber wirklich lebendig ge=
worden ist die niedersächsische Natur und Menschen=
welt in ihren intimsten Verbindungen erst durch
Klaus Groth, der die niedersächsische Seele in
ihrer eigenen, angeborenen Sprache reden ließ.
Die große Frage, ob es nicht auch hochdeutsch

möglich gewesen wäre — ich beantworte sie ent=
schieden mit „nein" — werden wir später noch
erörtern, hier will ich nur noch meine Ansicht
darüber bekennen, warum es gerade ein Dith=
marscher war, der die gewaltige Aufgabe löste:
Das Dithmarschertum ist sozusagen das potenzierte
Niedersachsentum; stille Winkel, wo ein reiches,
besonderes Volksleben pulsierte, gab es genug in
Niedersachsen, aber nur in Dithmarschen ruhte
dieses Volksleben auf einem mächtigen historischen
Untergrunde, nur in Dithmarschen war der uralte
freie germanische Volksgeist ungebrochen geblieben.
Und so kam der lyrische Entdecker des nieder=
sächsischen Volksgemüts daher, wie auch der ge=
waltige norddeutsche Dramatiker von dort seinen
Ausgang nahm. Es steckt ein Stück Mystizismus
in diesen meinen Anschauungen, aber ohne dies
Stück darf man wohl eigentlich nicht über Poesie
reden.

Heimische Sprache, heimisches Leben — als
drittes kommt dann noch bie ganz entschiedene
Einkehr beim eigentlichen Volk hinzu, um die
große Wirkung Klaus Groths zu erklären. Er
ist nicht der Erste, der das niedere Volk dargestellt

hat; das hat vor ihm Goethe im „Werther", wenn
auch noch nebenbei, das haben Pestalozzi, vor
allem Jeremias Gotthelf und nach diesem viele
andere gethan, aber er hat von den deutschen
Dichtern, wenigstens den Lyrikern, zuerst das
niedere Volk als das Volk gegeben, hat nicht
geglaubt, sich zu ihm herablassen oder das Volk
romantisch heben zu müssen, oder gar gewagt, sich
darüber lustig zu machen, er hat nur gesagt: Seht
da, Menschen! Seid ihr bessere oder auch nur
interessantere? Klaus Groths gesamte Dichtung
erkennt die Klassenunterschiede als wesentliche einfach nicht an, und auch der Bildungsunterschied
bedeutet ihr nichts, der Dichter weiß zu gut, daß
in einem gesunden Volke bei den „gewöhnlichen"
Leuten ausgeprägte Charaktere, Menschen mit
reichem Gemütsleben, von großer Intelligenz genau
so häufig sind wie bei den vornehmeren. Da liegt
nicht etwa eine Tendenz der Glorifizierung des
Volkes auf Kosten der höheren Stände zu Grunde,
sondern einfach die Erfahrung. Auch hier kam
dem Dichter wohl sein Dithmarschertum zu statten,
in Dithmarschen gab es eben — die paar Honoratioren kamen kaum in Betracht — nur Volk.

Welche Freude empfand das Volk, als es beim
Lesen oder Hören des „Quickborns" sah oder doch
fühlte, daß es nun poetisch vollwertig geworden
sei. Und bei unendlich vielen Gebildeten erweckte
das Buch eine bessere, richtigere Anschauung vom
Volke, neue Liebe zu ihm. Ein Honoratiorensohn,
Karl Müllenhoff, sprach es offen aus: „Der
Quickborn ist nicht nur eine der bedeutendsten
Erscheinungen unserer Litteratur, sondern der
Litteratur überhaupt. Es ist damit eine That
vollbracht, an deren Möglichkeit der Einsichtige
zweifeln durfte; denn die Kluft, die in ganz Nord=
deutschland Gebildete und Volk trennte, ist durch
ihn versöhnt und geschlossen." Sie schien ge=
schlossen, müssen wir heute sagen. Ach, sie ist
seitdem viel breiter und tiefer geworden.

Aber die That Klaus Groths bleibt darum
doch bestehen; denn sie war vor allem eine künst=
lerische That, und künstlerische Thaten bleiben frisch,
wenn auch ihre unmittelbaren sozialen Wirkungen
nachlassen. Das Volksleben Dithmarschens ist
heute, nachdem der gesteigerte Verkehr und der
verflachende Liberalismus der neuen Zeit ein halbes
Jahrhundert lang darüber hingegangen sind, seiner

Besonderheit größtenteils entkleidet, das Buch des
Dichters aber wirkt wie am ersten Tag. Es ist
in der That als Gedichtsammlung unvergleichlich,
die klassische lyrische Darstellung eines Gesamt=
Volkslebens, ohne daß darum freilich, wie beim
Volksliede, die Physiognomie des Dichters voll=
ständig verschwände. All unsere großen Lyriker,
Goethe, Uhland und Heine, Mörike und Hebbel,
Storm und Keller, K. F. Meyer und Martin Greif,
geben doch vor allem ihr persönliches, ihr subjektives
Leben; Klaus Groth lebt das Leben seines Stammes
mit, und auch, wo er persönliche Lyrik giebt, bleibt
er im Rahmen seines Volkstums. Bei fast allen
den genannten Dichtern klingen Töne des Volks=
liedes wieder, aber auch diese dienen dem subjektiven
Bedürfnisse, und die Gedichte tragen einen
Allgemeincharakter, bringen typische Gestalten,
typische Vorgänge, selbst typische Wendungen, denen
dann das Talent des Dichters einen individuellen
Reiz verleiht; es ist doch, streng genommen, eine
konventionelle Poesie so gut wie die antikisierende
oder die mittelalterlich=romantische, ohne jeden
Wirklichkeitscharakter, nur durch die frische Em=
pfindung des Dichters zu poetischer Wirkung er=

hoben. Höchstens bei Mörike gewinnt die volksliebartige Lyrik hier und da reales Leben, wird
schwäbisch. Selbstverständlich bin ich weit entfernt,
den Liedern dieser Art ihren dichterischen Wert
abzusprechen; den empfingen sie von den dichterischen
Persönlichkeiten ihrer Verfasser; wo aber diese
Persönlichkeiten fehlten, welch einen abgestandenen
Eindruck macht das volksliebartige Gedicht da!
Das vor allem ist das große Verdienst Klaus
Groths, das Volkslied, wie es die Kunstpoesie
pflegt, wieder mit realem Leben erfüllt, es lokalisiert
und ihm die Seele eines bestimmten Volkstums
verliehen zu haben. Und es gelang ihm, ein Volkstum allseitig lyrisch darzustellen. Das hat vor
ihm keiner vermocht, es sei denn Burns und Hebel,
und auch nach ihm in so vollendeter Weise keiner
wieder.

Man mißverstehe mich nicht: Ich stelle Klaus
Groth als lyrisches Talent keineswegs über unsere
anderen großen Lyriker. Er hat nur etwas anderes
vollbracht als sie, das, wonach sein Herz sich sehnte,
konsequent durchführen können. Im übrigen steht
er unter unseren Lyrikern keineswegs vereinzelt da,
Goethe und Uhland, sogar Heine sind auch für

ihn dagewesen, und selbst von Heinrich Hoffmann
von Fallersleben und August Kopisch dürfte er
dies oder das gelernt haben. Wie gesagt, am
nächsten steht er Johann Peter Hebel und Robert
Burns; an deren Gedichtsammlungen kann man
den „Quickborn“ zur Not auch messen, und über
das Verhältnis zu ihnen wären also genaue Unter=
suchungen anzustellen. Ich kann sie hier nicht
leisten, muß sie einem Spezialisten überlassen (leider
verfällt unser Spezialistentum auf so fruchtbare
Aufgaben fast niemals), will aber doch folgendes
bemerken: Klaus Groth ist vielseitiger als seine
beiden Vorgänger und auch der größere Künstler.
Burns ist doch wesentlich erotischer Lieder= und
Volkssänger, Naturbursche (wobei ich selbstverständ=
lich nicht an das scheußliche Möbel unserer Theater
denke), äußerst temperamentvoll, von entzückender
Frische und bezaubernder Anmut; wenn's darauf
ankommt, allerdings auch ein Mann. Er hat wohl
auch keltisches Blut in den Adern, daher bricht
das keltische Pathos gelegentlich hervor. Alles in
allem ist seine Poesie Gelegenheitspoesie im höchsten
Sinne, das, was ich spezifische Lyrik nenne und
was von den Kulturvölkern eigentlich nur die

Deutschen haben, fehlt bei ihm oder ist doch selten. Hebel, obwohl auch er kein „spezifischer“ Lyriker ist, steht seiner Natur nach zu Burns in vollständigstem Gegensatz; wenn ich seine Gedichte lese, steht er immer vor mir als der Pfarrer, der an einem schönen Frühlingsmorgen unter den blühenden Obstbäumen seines Gartens umherwandelt — die brennende Pfeife gehört natürlich mit zum Bilde. Im wesentlichen ist Hebel Idylliker, kein ausgesprochener Lyriker, der didaktische Zug, freilich auch ein behaglicher Humor fehlen fast nirgends. Eine frische Sinnlichkeit, eine herzliche Naivetät bilden jedoch den Grundcharakter der Hebel'schen Dichtung und haben ihr die Wirkung bis auf diesen Tag erhalten. Auf eine allseitige Darstellung heimischen Volkslebens haben es beide Dichter selbstverständlich nicht abgesehen gehabt, das konnten sie gar nicht, da ihr heimisches Volkstum eben noch völlig ungebrochen war; sie dichteten noch unmittelbar aus ihm heraus, während sich Klaus Groth, der sich der Gefahren, die seinem Volkstum drohten, bewußt war, oft schon darin zurückzuversetzen hatte und gerade deshalb einer größeren Künstlerschaft bedurfte, die ihm nun aber auch ermöglichte, planvoll zu verfahren, ohne doch darüber abstrakt und reflektiv zu werden. Ich habe nichts dagegen, wenn man bei Burns und Hebel die poetischen Eigenschaften, die eine glücklichere Zeit verleiht, stärker ausgeprägt finden will als bei Klaus Groth; dennoch wird der Totaleindruck ihrer Sammlungen hinter dem des „Quickborn" zurückbleiben. Als lyrische Individualität stellt sich Klaus Groth im ganzen feiner, weicher, zarter dar — man glaubt ihn, wenn man sich seine eigenste Lyrik vergegen= wärtigt, in der Dämmerung über das Moor gehen zu sehen, während von ferne die Heimatglocken rufen. Doch fehlt auch die Heiterkeit nicht, das Behagen am Leben, eine starke Mannhaftigkeit, die freilich nie pathetisch wirkt. Man hat die Be= merkung gemacht, daß in jedem Volksstamm nicht bloß eine, sondern zwei sich ergänzende Typen charakteristisch seien — dann vertritt Klaus Groth bei den Dithmarschern den weicheren Typus — Hebbel den harten und herben —, aber eine Per= sönlichkeit ist der jüngere Dichter auch.

Im einzelnen will ich, wie gesagt, das Ver= hältnis Klaus Groths zu Hebel und Burns nicht verfolgen. Von ersterem hat er höchstens für seine

Idyllen etwas gelernt, von letzterem freilich mehr, hat er doch Burns'sche Gedichte direkt plattdeutsch überarbeitet. Am bekanntesten sind von diesen Bearbeitungen drei geworden, die des „Tam o' Shanter“ als „Hans Schander“, die von „Tibbie Dunbar“ als „O wullt mit ni mit hebbn“ und die von „John Anderson, my jo“ in den „Dünjes“. Ich stelle die beiden letzten — auf den Hans Schander muß ich noch besonders kommen — zur Vergleichung englisch und deutsch hierher:

Tibbie Dunbar.	O wullt mi ni mit hebbn?
O, wilt thou go wi' me,	O wullt mi ni mit hebbn,
Sweet Tibbie Dunbar?	Lütt Anna Kathrin?
O wilt thou go wi' me,	O wullt mi ni mit hebbn,
Sweet Tibbie Dunbar?	Lütt Anna Kathrin?
Wilt thou ride on a horse	Du kunnst je wul fahren,
Or be drawn in a car,	Du kunst je wull ridn,
Or walk by my side,	Oder wullt an min Sit gahn;
O sweet Tibbie Dunbar?	Lütt Anna Kathrin?
I care na thy daddie,	Wat schert mi din Baber,
His lands and his money,	Sin Hus un sin Feld!
I care na thy kin,	Wat schert mi din Mellersch,
Sae high and sae lordly:	Er Stolt un er Geld!
But say thou wilt hae me	Segg blot, ick schall mit gan,
For better for waur —	Segg blot, du büst min,
And come in thy coatie,	Un kumm inn Linnwullnrock,
Sweet Tibbie Dunbar.	Lütt Anna Kathrin!

4*

Das scheint fast wörtliche Übersetzung und ist doch eine großartige Umdichtung in den Geist eines anderen Volkes und einer anderen Sprache — kaum ein Gedicht Klaus Groths ist denn auch im Volksmunde verbreiteter als dieses. Dagegen hat der Dichter bei der Übersetzung von „John Anderson" bei weitem nicht den Reiz des Originals erreicht.

John Anderson, my jo, John,
When we were first acquent;
Your locks were like the raven,   Wi gungn tosam to Feld,
Your bonnie brow was brent;   min Hans,
But now your brow is beld, John,   Wi gungn tosam to Rau,
Your locks are like the snaw;   Wi seten achtern Disch tosam,
But blessings on your frosty   So warn wi old un grau!
   pow;
John Anderson, my jo.

John Anderson, my jo, John,
We clamb the hill tegither;   Bargop so licht, bargaf so
And mony a canty day, John,   trag,
We 've had wi' ane anither: So menni, menni Jahr —
Now we maun totter down, John,   Und doch, min Hans, noch
But hand in hand we 'll go;   ebn so leef,
And sleep thegither at the foot,   As do in brune Haar.
John Anderson, my jo.

Wo ist der entzückende Rhythmus des Burns-schen Gedichts geblieben? Aber alte Dithmarscher

Arbeitsleute sind nicht so temperamentvoll wie die
schottischen, da flackert die Flamme nicht mehr auf,
da ist wehmütige Resignation bei aller Liebe. So
erfüllt die plattdeutsche Version ihre Aufgabe der
Charakteristik des Volkstums allerdings. Aufmerk-
sam machen will ich auf eine eigentümliche
Strophenbildung, die Klaus Groth von Burns
übernommen und mit Glück namentlich in Ge-
legenheitsgedichten benutzt hat. Es ist:

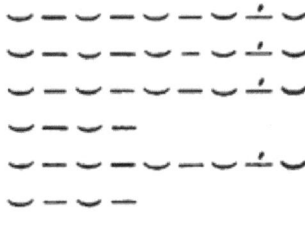

VI.

Und nun hinein in die Welt des „Quickborns", diese so eng begrenzte und doch so reiche
Welt! Wie das Buch jetzt als der erste Band
der gesammelten Werke Klaus Groths (Kiel,
Lipsius & Tischer, 1893, 4 Bände) vorliegt, stellt
es sich gegen die erste Auflage von 1852 unendlich

erweitert und bereichert dar; schon die zweite Auf=
lage brachte etwa zwanzig, die dritte siebenund=
zwanzig neue Stücke und seitdem, bis zur vier=
zehnten, sind noch vierundzwanzig Gedichte
hinzugekommen, das letzte, das ergreifende „Min
Port“ aus dem Jahre 1882 stammend. Der
Grundcharakter der Sammlung ist freilich unver=
ändert geblieben, der Dichter war viel zu fein=
fühlig, um ihn durch einen falschen oder auch nur
überflüssigen Ton zu stören, immer betrachtete er
den „Quickborn“ als sein Haupt= und Lebenswerk,
in dem nur für das Vollendetste Raum sei.
Rahmen und Gehalt des Ganzen giebt also, wie
hinreichend angedeutet, das Dithmarscher Volks=
leben in engster Verbindung mit der Dithmarscher
Natur ab, im Einzelnen herrscht die größte
Mannigfaltigkeit nicht bloß des Stoffs, sondern
auch der Form, und für jedes Stück ist die größt=
mögliche Vollendung erstrebt, soweit sich diese eben
erstreben läßt. Es wird für unsere Betrachtung
nötig sein, die Gedichte nach den verschiedenen
Gattungen der Poesie und ihrem Inhalt zu
Gruppen zusammenzufassen, wobei wir uns aber
von vornherein nicht verhehlen dürfen, daß eine

reinliche Scheidung und ein restloses Aufgehen
nicht zu erreichen sein werden. Der Dichter
schaffte nicht nach Kategorien, obgleich Klaus
Groth, zum Teil unter Müllenhoffs Einfluß, sich
auch in Gattungen, die bis dahin noch nicht im
„Quickborn" vertreten waren, „versucht" hat. Als
Hauptgruppen ergeben sich natürlich Lyrisches und
Episch=Lyrisches, als Untergruppen möchte ich:
Persönliche und Naturlyrik, Volkslied und Volks=
liedartiges, Kinderlieder, Bilder aus dem Tier=
leben, Spruchartiges, dann als mehr epischen
Charakters: Balladen aus Geschichte und Sage,
moderne Balladen und Darstellungen von Volks=
typen, Idyllen und poetische Erzählungen ernsten
und heiteren Inhalts unterscheiden. Einigermaßen
werden wir mit diesen acht oder neun Gruppen
reichen.

Um mit der persönlichen Lyrik Klaus
Groths, wie gebührlich, den Anfang zu machen,
so habe ich schon bemerkt, daß auch sie im
Rahmen seines Volkstums bleibe. Daraus folgt
ohne weiteres, daß sie reine Gefühlspoesie, Ge=
mütslyrik ist. Aber ist das nicht alle gute Lyrik,
wird nicht die Reflexionspoesie von den meisten

Kunstrichtern verdammt? Ja gewiß, ich habe hier
aber gar nicht den Unterschied zwischen Gefühls-
und Reflexionsdichtung im Auge, ich denke an den
von individualisierender und nicht sowohl verall-
gemeinernder, als den Grundton verstärkender
Gefühlspoesie. Wenn beispielsweise Hebbel (ich
könnte auch Mörike nennen) eine Empfindung ge-
staltet, so thut er stets so viel von seiner Persönlichkeit hinzu, unbewußt natürlich, daß das Gedicht ganz individuell wird, uns ohne weiteres in
die Hebbelsche Seele zurückversetzt; auch Klaus
Groth verzichtet keineswegs auf seine Persönlichkeit,
aber die Gefühlswoge ist so mächtig, daß das
Individuum gleichsam nur noch als ihr Gefäß
erscheint, sie zwar zusammenhält, aber sich nicht in
ihr abdrückt — in dem Gedicht finden wir dann
auch uns selbst, finden sich Tausende wieder. Man
verwechsle diese Gattung aber um des Himmels
willen nicht mit der lyrischen Trivialpoesie, die
konventionelle Gefühle in Verse bringt; sie ist
durchaus spezifische Lyrik, die aus dem tiefsten
Innern aufquillt, der „Gelegenheit" nicht bedarf,
aber eben ganz Gefühl, einfaches, mächtiges Gefühl,
nicht individuell modifiziert, sei es mit der Resonanz

einer starken Persönlichkeit versehen wie bei Hebbel
oder verfeinert (ach Gott, das Wort ist stumpf)
wie bei Mörike. Uhland und Klaus Groth haben
diese einfache Gefühlspoesie unter unsern deutschen
Lyrikern am ausgeprägtesten (von Goethe abgesehen, bei dem man alles findet), daher auch ihre
große und echte Volksthümlichkeit. Ein bezeich-
nendes Gedicht dieser Art ist das folgende Klaus
Groths:

> „Hell int Finster schint de Sünn,
> Schint bet deep int Hart herin;
> All wat kold is, dump un weh,
> Daut se weg, as Is un Snee.
>
> Winter weent sin blankften Thran,
> Voerjahrsathen weiht mi an,
> Kinnerfreid so frisch as Dau
> Treckt mi doer vunt Himmelsblau.
>
> Noch is Tid! o kamt man in,
> Himmelblau un Voerjahrssünn!
> Lacht noch eenmal warm un blid
> Deep int Hart! o noch ist Tid.“

Das Gedicht ist so einfach und so selbstverständlich, möchte man sagen, und wie ergreift es
doch durch seine schlichte Frühlingsstimmung. Wie
gezwungen erscheint dagegen ein verwandtes

Geibelsches, das bekannte „Und bräut der Winter noch so sehr." Der Unterschied zwischen elementarer Gefühlspoesie und wesentlich formaler Empfindungslyrik kann nicht schärfer hervortreten.

Wo Klaus Groths persönliche Lyrik sich an eine Gelegenheit anschließt, wird sie, dem Gesamtcharakter seiner Dichtung gemäß, stark realistisch. Ich erinnere hier an eins der bekanntesten Gedichte des Poeten, an „Min Jehann", das, wie so viele andere, die selige Jugendstimmung wieder wachruft.

> „Wi seten op den Steen, Jehann,
> Weeßt noch? bi Nawers Soot."

Da haben wir die absolut bestimmte Situation. Eine Folge solcher Situationen, jede mit größter Klarheit gegeben, bietet das Gedicht „As if weggung", vielleicht das charakteristischste dieser Art:

> „Du brochst mi bet den Barg tohöch,
> Te Sünn, de sack hendal:
> Do sä́st du sachen, dat war Tid,
> Un wennst bi mit enmal.
>
> Do stunn ik dar und seeg opt Holt,
> Grön inne Abendsünn,
> Denn seeg ich langs den smallen Weg,
> Dar gungst du ruhi hin.

Do weerst du weg, doch weer de Thorn
Noch smuck un blank to sehn,
Ik gung de anner Sid hendal,
Dar weer it ganz alleen. —

Nös heff ik öfter Afsched nam',
Gott weet, wa mennimal!
Min Hart, das is dar baben blebn,
Süht von den Barg hendal.

Ter Berg, das Holz, der schmale Weg, der
Kirchturm, alles im Schein der Abendsonne —
man sieht es in voller Deutlichkeit trotz oder ge=
rade wegen der Sparsamkeit der Worte. Wohl
in Bezug auf die Schlußzeilen dieses und anderer
Gedichte hat man wohl von den „Heine'schen
Pointen" geredet, die sich bei Klaus Groth fänden.
Lieber Gott, als ob nicht das Volkslied hundert=
mal ähnlich ergreifende Wendungen hätte!

Schon dieses Gedicht zeigt das Verhältnis der
Lyrik Klaus Groths zur Natur. Sie tritt bei ihm
nicht gern allein und für sich auf, wird auch nicht
gern „parallelistisch" gebraucht, sondern meist nur
als Stimmungsfolie zu einer bestimmten menschlichen
Situation. Klaus Groth ist — seine gesamte
Dichtung, nicht bloß seine Lyrik beweist es — ein
außerordentlich feiner Naturbeobachter und =em=

pfinder, aber giebt sie eigentlich nie ohne den Menschen, er schwelgt nie in ihr, er ist eben auch hier Realist und nicht Romantiker. Man lese das Gedicht „Dat Dörp in Snee":

Still as ünnern warme Dek
Liggt dat Dörp in witten Snee.
Mank de Ellern slöppt de Bek,
Ünnert Is de blanke See.

Wicheln stat int witte Haar,
Spegelt slapri all de Köpp,
All is ruhi, kold un klar,
As de Dod, de ewi slöppt.

Wit, so wit de Ogen reckt,
Nich en Leben, nich en Lut;
Blau na'n blauen Heben treckt
Sach de Rok na'n Snee herut.

Ik much slapen as de Bom,
Sünner Weh un sünner Lust,
Doch dar treckt mi as in Drom
Still de Rok to Hus."

Zuerst eine Schilderung des winterlichen Dorfes in charakteristischen Zügen, dann aber doch, an das einzige Lebendige in der Schilderung sehr fein anknüpfend, die Wendung zum persönlich-lyrischen Gedicht. — Es muß genügen, wenn ich auf die

andern Gedichte dieser Gruppe einfach verweise.
Es gehören dahin „Dat Moor", „Abendgang",
„De Fischerkath", „De Kinner larmt" („Luri treckt
be Abendluch"), „Sünndagsruh", „Goldbarg"
(„Och oever de Heid, be brune Heid"), „Min
Platz voer Doer" („De Weg an unsen Tun hent=
lank") „Uennern Kastanje", „Abendfreden" („De
Welt is rein so sachen"), „De Mael", „Se lengt",
„Min Port" und noch einige andere. Die Sehn=
sucht nach der „Jugend fern verschollenem Eiland"
durchzieht sie fast alle, immer ist die Empfindung
schlicht und stark, jedermann ergreifend, meist thun
sich auch realistische Bilder auf, Bilder, in denen
auch Dinge Platz finden (z. B. „De Köh un stille
Schap" in „Abendfreden"), vor denen die hoch=
deutsche Lyrik dieser Art zurückschrecken würde.

Erotische Gedichte finden sich in dieser persön=
lichen und Naturlyrik Klaus Groths kaum, sie
werden — und es ist das bezeichnend — bei ihm
meist zu Volksliedern. Höchstens das humoristische
oder besser scherzhafte „Min Annamedder" mit
seiner charakteristischen Sprachvirtuosität ist noch
persönlich gehalten, verwendet aber doch nur Aus=
brücke des plattdeutschen volkstümlichen Liebes=

lexikons und könnte recht wohl einem nicht eben sentimental veranlagten Bauernknecht in den Mund gelegt werden. Die schönsten erotischen Volks = lieder Klaus Groths finden in den Cyklen „Fiv nie Leeder ton Singn", „En Leederkranz", „Dre Vageln", „Ton Sluß" — sie sind fast alle, „Dar weer en lüttje Buerdirn", „Dar geiht en Bek de Wisch hentlank", „O wullt mi ni mit hebbn", „He sä mi so veel", „Leben, och, wa is t ni schön", „Lat mi gan, min Moder slöppt", „Sin Moder geit un jammert", mit oder ohne Melodie volkstümlich geworden. Hier möge das vielgesungene „Voer Doer" stehen:

„Lat mi gan, min Moder slöppt!
Lat mi gan, de Wächter röppt!
Hör! wa schallt dat still un schön!
Ga un lat mi smuck alleen!

Süh! dar liggt de Kark so grot!
An de Mür dar slöppt de Dod.
Slap du sund un denk an mi!
Ik bröm de ganze Nacht von di.

Moder lurt! se hört 't gewiß!
Nu 's genog! — adüs! adüs!
Morgen abend, wenn se slöppt,
Bliv ik, bet de Wächter röppt."

Hier ist der flüchtige Augenblick der Trennung
zweier Liebender mit wunderbarer Kunst festgehalten:
So rasch alles vorübergeht, es gehen doch gewisser=
maßen Tod und Leben durch das kleine Gedicht.
Was der Dichter auf erotischem Gebiete wagen
darf, zeigt das Gedicht „De Duv" in „Dre Vageln".
Ich glaube kaum, daß das bedenkliche Thema des
nächtlichen Besuchs je zarter behandelt worden ist:

> „Kumm du um Merrennacht,
> Kumm du Klock een:
> Vader slöppt, Moder slöppt,
> Ik slap alleen.
>
> Kumm anne Koekenboer,
> Kumm anne Klink:
> Vader meent, Moder meent,
> Dat deit de Wind."

Welch ein Formreiz auch in diesen Strophen!
Überhaupt dünkt mich, erreicht von den modernen
Volksliebdichtern nur Mörike („Ein Stünblein
wohl vor Tag", „Das verlassene Mägdelein",
„Rosenzeit wie schnell vorbei", „Ach, wenn's nur
der König auch wüßt'") Klaus Groth, ist wohl
feiner und zarter, Klaus Groth aber dafür, wie
schon ausgeführt, realistischer. Welch ein Pracht=

stück ist der „Fischer" („Schön Anna stunn voer
Stratendoer"), eine abendliche Straßenszene wie
direkt aufgefangen, in Rede und Gegenrede dem
Charakter der Küstenbevölkerung ganz und gar
treu. Und ebenso unmittelbar dem Leben ent=
nommen sind die traurigen Lieder „De ole Harfe=
nistin", „Aflohnt", das schon genannte „Sin Moder
geit un jammert", das unmittelbar in die Zeit der
schleswig = holsteinischen Erhebung versetzt. Die
„Harfenistin", mit der man Storms „Lied des
Harfenmädchens" vergleichen mag, leitet zu den
Gedichten Klaus Groths über, die ich, obwohl sie
alle etwas Volksliedartiges an sich haben, realistische
Volkstypengedichte nennen möchte und an anderer
Stelle erwähnen werde.

Dem Volksliede nahe stehen natürlich auch die
Kinderlieder Klaus Groths „Voer de Goern".
Bei ihnen konnte er sich am ersten an noch vor=
handenes Volksgut, an die zahlreich erhaltenen
Kinderreime anschließen, von denen selbst ich in
meiner Jugend noch eine gehörige Zahl kennen
gelernt habe. Wo er sie zum Gedicht erweiterte,
hat das in der Regel eine poetische Vertiefung mit
sich gebracht. Was hat er gleich aus den Wiegen=

reimen vom bösen Mann, der draußen umgeht, gemacht! Eine ganze kleine Geschichte, wo der liebe Mond zu dem bösen Mann in einen höchst wohlthuenden Gegensatz tritt. Auch hier der allem bloßen Wortemachen feindliche Realismus:

> „Denn seggt he to de böse Mann,
> Se wüllt en beten widergan,
> Denn gat se beid, denn stat se beid
> Oevert Moor un oever de Heid.“

Als die Krone dieser Gattung Groth'scher Poesie erscheint mir „Dar wahn en Mann“:

> „Dar wahn en Mann int gröne Gras,
> De harr keen Schüttel, harrn keen Taß,
> De drunk dat Water, wo he't funn,
> De plück de Kirschen, wo se stunn.
>
> Wat weert en Mann! wat weert en Mann!
> De harr ni Putt, de harr ni Pann,
> De eet de Appeln vun den Bom,
> De harr en Bett von luter Blom.
>
> De Sünn dat weer sin Taschenuhr,
> Dat Holt, dat weer sin Bagelbur,
> De sungn um Abends oevern Kopp,
> De wecken em des Morgens op.
>
> De Mann dat weer en narrschen Mann,
> De Mann de sung dat Gruweln an:
> Nu moet wi all in Hüser wahn —
> Kumm mit, wi wüllt int Gröne gan!“

Das ist, wie niemandem entgehen wird, ein sehr tiefsinniges Stück, stellt den Gegensatz von Natur und Kultur dar — aber wie trefflich ist alles dem Fassungsvermögen des Kindes angepaßt! — Auf gleicher Höhe wie die Kinderlieder stehen die Bilder aus dem Tierleben, zugleich die Freude der Kleinen und der Großen. Über „Matten Has'", das bekannteste von allen, hat sich einmal Friedrich Hebbel ganz begeistert ausgesprochen. „Sehen Sie," sagte er zu einem Freunde, „das ist nicht nur eine Spitze lyrischen Humors, das ist Poesie, das ist lyrische Erfindung, das ist Gestalt und Ton zugleich, dem gegenüber verhalten sich alle Gedanken= und Empfindungsgedichte, sie mögen so trefflich sein, wie sie wollen, wie Schatten zu Körpern, wie Bildung zu Intuition." Nicht viel tiefer als „Matten Has'" stehen „Aanten int Water" und „Spatz" mit ihrer vorzüglichen Nach= ahmung der Tierlaute; es sind große Kunststücke, und dabei sind sie doch ganz volkstümlich und natürlich geblieben. Auch „Bispill" gehört hierher und das größere „Wa Swinegel un Matten Has' inne Wett lepen", das so recht das ist, was wir Plattdeutschen „kloenig" nennen — das hoch=

deutsche „redselig" hat ja einen unangenehmen Nebenbegriff.

Über die „Kedenrim", „Priameln", „Sprüch" Klaus Groths, die meist, wie auch „Bispill" dem halbphilologischen Bestreben, alte Poesieformen wieder lebendig zu machen, den Ursprung ver- danken — anders steht es mit den „Dünjes", die, meist an Volkstümliches anklingend, doch durchweg lyrisch sind und sehr schöne Sachen enthalten — will ich nur bemerken, daß das reimfrohe Volk sie liebt.

> „En Klock, de ni geit,
> En Putt, de ni steit,
> En Daler, de ni gellt,
> En Hund, de ni bellt,
> En Dirn, de ni fegt,
> En Hahn, de ni leggt,
> En Katt, de ni muft,
> De letts du beter buten Huf'."

Wer sollte daran nicht seine Freude haben? Von den Sprüchen sei folgender drastischer angeführt:

> „De Hahn, de op sin Misten sitt, de kann wul kreihn un
> schrigen,
> Doch ob den Klockenthorn de Hahn, de mut sik dreihn un
> swigen."

VII.

Schon in der ersten Auflage des „Quickborns"
zeigte sich Klaus Groth auf episch=lyrischem Gebiet
ebenso groß wie auf lyrischem, seine realistische
Anlage mußte ihm hier besonders zu statten
kommen. Man kann sogar zweifelhaft sein, ob
nicht die Meisterballaden, die in „Wat sik
dat Volk vertellt" vereinigt sind, an dichterischem
Wert noch über seine beste Lyrik hinausgehen.
Die berühmteste von allen ist „Ol Büsum", ein
Stück, das selbst in für Oberdeutsche bestimmte
Lesebücher übergegangen ist und seinen hohen Ruf in
der That verdient. Man muß in der deutschen
Litteratur lange suchen, ehe man eine zweite
Ballade von solch geradezu genialer Prägnanz
findet. Aber die andern sieben Stücke des Cyklus:
„Herr Jehannis", „He wak", „Dat stoent int Moor",
„Dat gruli Hus", „De hilli Eek", „De Pukerstock",
„Hans Iwer" stehen in ihrer Art ebenso hoch-
gerade die Wiedergabe des Unheimlichen, Grauen=
haften liegt plattdeutscher, Dithmarscher Art
(vergleiche die Balladen Hebbels) und Sprache
ganz besonders, es kommt durch sie eine seltsame
Gewichtigkeit in Darstellungen dieser Art hinein,

die, wenigstens meiner Empfindung nach, bei der
Behandlung in der hochdeutschen Buchsprache leicht
verloren geht. Sicherlich hat beispielsweise
Annette von Droste-Hülshoff auf diesem Gebiete
Hervorragendes geleistet, aber wie viel Raum
braucht sie, wie oft wirkt sie trivial! Man ver=
gleiche einmal ihr „Der Mutter Wiederkehr" mit
Klaus Groths „He wat", das ich hersetze:

„Se keem ant Bett inn Dodenhemd un harr en Licht in Hand,
Se weer noch witter as er Hemd un as de witte Wand.

So keem se langsam langs de Stuv und sat an de Gardin,
Se lüch un keek em int Gesich un loehn sik oewerhin.

Doch harr se Mund un Ogen to, de Bossen stunn er still,
Se röhr keen Lid un seeg doch ut as een, de spreken will.

Dat Gresen krop em langs den Rügg un Schuder doer be Hut,
He meen, he schreeg in Dodenangst, und broch keen Stimm herut.

He meen, he greep mit beide Hann un wehr sik voer den Dod,
Un föhl mank alle Schreckensangst, he röhr ni Hand noch Fod

Doch as he endli to sik keem, do gung se jüs ut Doer,
As Krüd so witt, in Dodenhemd un lücht sik langsam voer."

Daneben die Schilderung der Droste-Hülshoff:

„Fest war ihr Blick zum Grunde gewandt,
So schwankte sie durch den Saal,
Den Schlüsselbund in der bleichen Hand,
Die Augen trüb wie Opal;

Sie hob den Arm, wir hörten's pfeifen,
Ganz wie ein Schlüssel im Schlosse sich dreht,
Und ins Closet dann sahn wir sie streifen,
Drin unser Geld und Silbergerät."

Das reicht denn bei weitem nicht an die Anschau-
lichkeit Klaus Groths, die uns das Nahen der
Verstorbenen geradezu körperlich gegenstänblich
macht, Zug auf Zug fast greifbar deutlich hin=
stellt. Stofflich an diese Balladen an klingen die
mehr liederartigen Stücke in „Ole Leder": „Twee
Leefsten", „Bi Norderwold", „De Steen bi
Schalkholt" und „Dat kahle Graf". Auch der
„Hans Schander" wäre hier vorläufig zu nennen.

Die geschichtlichen Balladen in „Quickborn",
auf Anregung Müllenhoffs geschaffen, sind zu dem
Cyklus „Ut de ol Krönk" vereinigt. Sie behandeln
die Hauptereignisse der Dithmarscher Geschichte,
die Eroberung der Bökelnborg, die Schlacht bei
Oldenwöhrden, die in der Hamme, die Schlacht
bei Hemmingstedt, Heinrich von Zütphens Märtyrer=
tod, die letzte Fehde. Die drei ersten haben im
ganzen den Uhlandischen Balladengeist, natürlich
mutatis mutandis, die „Schlacht bei Hemmingstedt"
schließt sich an die dithmarsischen Volkslieder über

die Schlacht an, die der Chronist Neocorus über=
liefert hat *), am eigentümlichsten, ganz Klaus
Groth'sche Weise sind „Heinrich von Zütphen" und
„De letzte Feide" mit den großartigen Strophen:

„Nich en Wort war hört, nich en Stimm, nich en Lut,
Se stunn as de Schap oppe Weid,
Se stunn as de Rest von en dallslan Holt,
To föten de Trümmer von Heid."

und

„Nich en Lut war hört as dat Haf un de Flot,
Und de Prester leet se swern,
Oppe Knee dar leeg bet Dithmarscher Volk
Und de acht un veertig Herrn."

———————

*) Mein Freund Hermann Krumm in Kiel, der in dem
Werke „Schleswig-Holstein meerumschlungen" die beste Dar=
stellung der schleswig-holsteinischen Dichtung, die wir bisher
haben, gegeben hat, findet sie roh und kunstlos und will sie
kaum als die Ansätze zu wirklicher Volkspoesie betrachten.
Oho, lieber Freund! Es sind unter den Liedern auf die
Schlacht bei Hemmingstedt allerdings auch einige „gelehrten"
Ursprungs, die lasse auch ich fallen, aber andere wie das Lied
auf Rolf Bojekensohn, das auf die Rendsburger Verhandlungen
vor Hemmingstedt, das dritte (?) der Schlachtlieder („König
Hans wohl to sinen Broder sprak"), vor allem die Tanzlieder
sind meines Erachtens durchaus vollwertige Volkspoesie. Man
müßte die historischen Lieder allerdings erst genau so wieder=
herstellen, wie sie gesungen wurden.

Die Unmittelbarkeit der Sagen-Balladen erreicht Klaus Groth hier meiner Empfindung nach nicht ganz, es ist aber doch echt volkstümlich-geschichtliche Haltung in den sechs Stücken.

Auch moderne Balladen und Romanzen hat Klaus Groth geschaffen — sie gelingen bekanntlich unseren Dichtern sehr selten. Hierher würde vielleicht schon das bereits öfter genannte „Sin Moder geiht und jammert" zu rechnen sein und einiges andere Volksliedartige; vor allem aber zähle ich zu dieser Gattung den berühmten „Orgeldreier", „De Möller", „De Krautfru", „Grotmoder", weiter auch „Aptheker int Moor", „Schitkroet", „Dagdeef", „Drees". All diesen Gedichten, mit Ausnahme von „Grotmoder", das den plötzlichen Tod einer Greisin idyllisch, aber doch strophisch bewegt darstellt, ist die Schilderung eines Volkstypus gemeinschaftlich; das geschieht nun entweder so, daß die betreffende Gestalt selbst das Wort nimmt („Orgeldreier", „De Krautfru", „Dagdeef", „Drees") oder daß sie angeredet oder von einer andern Person geschildert wird („De Möller", „Aptheker"), oder endlich, der Dichter schildert selber („Schitkroet"). Müllenhoff findet in einer Anzahl dieser Stücke noch die alte parodistische plattdeutsche Manier, ich glaube mit Unrecht; selbst „Schitkroet", die Schilderung eines dachsbeinigen, unglaublich wichtig thuenden Bauernburschen auf der Grenze zwischen Jungen und Knecht ist außerordentlich treu nach dem Leben, wohl derb und holzschnittmäßig (dieser Stil war hier auch nötig), aber nicht parodistisch. Das köstlichste Produkt dieser Gattung bleibt doch wohl der „Orgeldreher", in dem der freie Humor der absoluten Wurstigkeit die glücklichste Form gewinnt; man glaubt den „Helden" das Lied seiner Schicksale selbst zur Orgel absingen zu hören. Aehnliche Stimmung atmet „Dagdeef" — man vergleiche es der Merkwürdigkeit halber mit Lenaus „drei Zigeunern": Das Leben zu verschlafen, zu verrauchen, zu vergeigen verstehen die niedersächsischen Menschen (wohlverstanden die Ausnahmen) auch, aber es fällt ihnen gar nicht ein, es „dreimal zu verachten", im Gegenteil, sie verachten die dummen Menschen, denen es nicht wie ihnen eine plaisierliche Sache ist. Im schärfsten Gegensatz zu dieser Menschenart steht die Büsumer Krabbenfrau, die ihren Fang stundenweit barfuß

nach Heide schleppt und zuerst wohl das bequeme
Leben der Städter etwas beneidet, dann aber doch
ihre Armut bei Gesundheit und frischem Mut dem
kränkelnden Reichtum entschlossen vorzieht.

Größere Dichtungen dieser Art sind
„De Flot", „Unruh Hans de letzte Zigeunerkönig"
und „Hans Schander", alle drei durch Entfaltung
reicherer Naturszenerie über die Balladenform
emporgehoben. „De Flot" schildert höchst anschaulich das Abenteuer zweier Wattenjäger, die
von der Flut überrascht werden; „Unruh Hans"
mag noch eher als erweiterte Ballade gelten, hat,
dem Stoffe entsprechend, düsterromantisches Kolorit
und legt für die Vielseitigkeit Klaus Groths ein
glänzendes Zeugnis ab; „Hans Schander" ist,
wie erwähnt, die Bearbeitung des „Tam o'Shanter"
von Burns, eine sehr glückliche Bearbeitung, da
der in Heide am Markttag bis spät in die Nacht
sitzen bleibende Marschbauer früher eine nicht
seltene Erscheinung war und die Gegend am
„Rauhen Berg" bei Wesseln sich zur Entwicklung
des gesamten Dithmarsischen Gespensterspukes vortrefflich eignete. Nach Stoff und Stimmung
würden sich „Rumpelkamer" und „De Fischtog

na Fiel" an diese Dichtungen anschließen lassen, aber sie gehören doch schon zu den größeren poetischen Erzählungen Klaus Groths.

Allseitige Darstellung eines Volkslebens beansprucht doch zuletzt immer weitere Formen. Die lyrischen und die ihnen noch nahestehenden der Ballade und Romanze holen zwar tief herauf und geben auch öfter ein plastisches Bild, sei es einer Persönlichkeit, sei es eines Vorgangs; um ganze Menschenschicksale zu schildern, bedarf es aber doch der wechselnden Bilder, der Breite statt der Tiefe. Am wenigsten Raum beansprucht noch das Idyll; denn sein Charakteristikum ist Stimmungseinheit und Stille. So ist es Klaus Groth gelungen, hier und da auch in strophischer Form ein vollendetes kleines Idyll hinzustellen; ich nannte schon „Grotmoder", noch charakteristischer ist „Wihnachtsabend". Alles epische Leben, und ginge es zunächst auch nur auf Darstellung des Nebeneinander, soweit dies die Dichtung bringen kann, drängt aber doch nach Entfaltung, und so treten an die Stelle der Strophenform bald die kontinuierlichen kurzen Reimverse, die ungereimten Jamben, der Hexameter, und aus dem ursprüng-

lichen Nebeneinander reißt sich dann weiter doch
eine Handlung oder wenigstens eine Entwicklung
los. Gerade diese Vorgänge lassen sich bei Klaus
Groth vortrefflich im einzelnen verfolgen. Un=
zweifelhaft ist das erste Stück der „Familjenbilder",
„Dat Gewitter", eine der schönsten Idyllen Klaus
Groths, ganz selbständig gedacht und geschaffen
worden; dann aber sind noch fünf Stücke hinzu=
gekommen, die das Schicksal derselben Menschen
weiter zu verfolgen gestatten, wenn sie es auch
nicht direkt erzählen, der Idyllencharakter vielmehr
durch die Geschlossenheit der einzelnen Stücke ge=
wahrt bleibt. Ähnlich scheint mir der Vorgang
bei dem Seitenstück zu den „Familjenbildern", „Ut
de Marsch" gewesen zu sein. Alle diese Dichtungen
sind in reimlosen Jamben geschrieben, die der
Dichter meisterhaft behandelt, dabei freilich durch
seine Sprache unterstützt, die kein metrisches Füllsel
duldet. Ich habe nichts dagegen, wenn man die
Idyllen Klaus Groths mit älteren, wie denen von
J. H. Voß (nicht den plattdeutschen) vergleicht, aber
man soll sich nicht verhehlen, daß, was bei Voß
noch vielfach bloßes Behagen ist, sich bei Klaus
Groth zu wahrer Poesie erhoben hat. Die beiden

schönsten Stücke sind für mich das „Gewitter"
und „Ünnermeel" (Mittagsruh), beide Landschafts=
gemälde großen Stils trotz der sorgfältigen Aus=
führung des Details, das erste den Charakter der
Geest, das zweite den der Marsch typisch ver=
körpernd. Aber die Menschen sind nicht bloß
Staffage in diesen Gemälden, sie gewinnen selbst=
ständige Bedeutung; wundervoll vor allem ist der
Großvater im „Gewitter" — alte Leute darzu=
stellen ist überhaupt eine Spezialität Klaus Groths,
alte Leute und Kinder. Auch in dem stimmungs=
vollen „Sünndagsmorgen", der zuletzt in ein
lebensvolles Gespräch über die Auswanderungs=
frage ausläuft, kommt dieser Großvater wieder
vor. In „Ut de Marsch" fesselt vor allem die
Gestalt des Vollmachts, einer jener Dithmarscher
Gewaltnaturen, die sich, nun es keine Dänen mehr
totzuschlagen und Blutrache zu üben giebt, auf
Geschäftsunternehmungen im großen Stil geworfen
haben, nur, um zu herrschen. Wie prächtig wird
da der Bauer neben dem König (Friedrich VI.)
geschildert, treu nach der Überlieferung, die auch
ich in meiner Jugend noch vernommen habe.
Überhaupt, so gern Klaus Groth die Gemütsseite

seiner Menschen hervorkehrt, er verwischt dadurch
den Eindruck der Kraft bei ihnen nicht, so reich
er an Stimmung ist, das reale Leben kommt doch
bis ins einzelne zu seinem Recht, die falsche
Idealität, gegen die bei uns die jüngste Litteratur=
bewegung ankämpfte, nach der ein Mensch der
Dichtung weder ordentlich gehn, noch stehn, noch
essen, noch trinken u. s. w. durfte,- Klaus Groth
hat sie nie gekannt. Sein Großvater im „Ge=
witter" ist durchaus ein idealer Mensch, macht
sich die tiefsten Gedanken über Leben und Tod,
aber doch

> „Kruppt he voerwarts oppe Hann
> Un stickt ben olen Griskopp, as he snackt,
> Un na un na be Schullern ut be Hütt,
> Un stoehnt un treckt be stiwen olen Been
> Denn achterna un allnagrab tohöch
> Un likt sik rum un steit in warmen Regen."

Das ist natürlich, und das ist anschaulich; auch
unsere Jüngsten, die gern anschaulich sein möchten,
aber im Streben nach Besonderheit leider wieder
nicht natürlich sind, könnten da noch lernen, übrigens
nicht bloß bei der Darstellung des Menschen, auch
bei der der Natur. Man trifft nicht leicht eine
so unmittelbare Schilderung wie beispielsweise die

des Frühlings im Garten im sechsten der „Familien=
bilder" bei ihnen, trotzdem sie mit den Augen der
modernen Maler zu sehen beanspruchen.

Die poetische Erzählung, welcher Gat=
tung die größten Dichtungen des „Quickborns" an=
gehören, stellt das Menschenschicksal in den Vorder=
grund, die Schilderung des Milieus dagegen zurück.
Doch ist das Schicksal, das im „Fischtog na Fiel"
die zu einem Sonntagsextravergnügen ausge=
zogenen Heider Schuster und anderen Handwerker
beim Schopfe packt, keineswegs die ernste Moira
der Griechen, und in „Rumpelkamer" ist gerade
das Milieu besonders wichtig, so daß denn diese
beiden Dichtungen noch nicht zu den eigentlichen
poetischen Erzählungen wie „Peter Plumm",
„Peter Kunrad", „Hanne ut Frankrik" gehören.
Doch bezeichnen alle beide, der humoristische
„Fischtog" sowohl, wie die tiefernste „Rumpel=
kamer" Höhepunkte der Klaus Groth'schen Dichtung.
Im „Fieler Fischtog" steckt viel Kunst, sprachliche
Kunst; man hat ihn sich hier und da einfacher
gewünscht, doch sind Gestalten und Situationen
unzweifelhaft humoristisch = lebensvoll, das Ganze
ist doch einer unserer köstlichsten modernen

Schwänke, um so höher zu halten, da viele spätere
Produkte dieser Art sicherlich das an Kunst zu
wenig haben, was der „Fischtog" vielleicht zu viel
hat. Unendlich ergötzt mich immer wieder die
in ihm enthaltene persiflierende Schilderung der
bäuerlichen Jahresarbeit, die wenigstens für das
alte Dithmarschen so durchaus zutraf:

> „Wat voern Geduldssack is son Bur!
> Wa hett he 't sur! wa hett he 't sur!
> Denn nu dat Seiden antosehn!
> Un denn voert Opkam nich to bebn!
> Un denn in Winter in den Snee
> Nix von to künn as „bree-Blatt-bree" —
> Un Voerjahrs webber los studeern
> Ant Smöken un Graswassen hörn:
> Ne, ne! de Weg is lang so fahrn
> Bet tokum Harst de Weetenaarn!
> Un denn noch reisen to verkopen
> Un Geld to telln bi ganze Hupen —
> Wat kost dat Mög an Kopp un Rügg,
> Ehr mal de Möller Weeten krigg!" — —

„Rumpelkamer" ist das Heider Armenhaus.
Seine Insassen werden mit fast E. T. A. Hoff=
mannscher Kunst geschildert, eine teils lächerliche,
teils unheimliche Gesellschaft.

„Baron vun Unruh: vull in Staat,
Kumt nie ahn Hannschen op de Strat,
De schävsche Hot opt rechter Ohr,
In linken Arm dat span'sche Rohr,
An jede Flicken putzt un börst,
Hett jümmer Hosten, jümmer Dörst,
Is gnädi gegen Lütt un Grot,
Huldseli voer en Botterbrot. — "

Abseits von den übrigen sitzen zwei, einst Herr
und Knecht, und erzählen sich alte Geschichten.
Und da steigt aus dem Elend des Armenhauses
eine zarte, rührende Liebesgeschichte empor, ein
Jugendtraum, längst verweht, der doch durch das
ganze Leben des Erzählers nachgewirkt hat:

„Dennößen gung ik in be Welt,
Un treeg min Deel an Gut un Geld,
Un treeg min Deel an Freid un Leid —
Un as dat keem, so brog ik't beid;
Denn jümmer weer mi so to Sinn,
As weer keen rechten Smack darin,
Denn jümmer weer mi so to Moth,
As keem un gung dat mit be Floth."

Man kann keinen Begriff geben von der Wirkung
dieser Dichtung, höchstens die einiger Stormscher
Novellen erinnert etwas daran. Sie ist wohl Klaus
Groths schönstes und ergreifendstes Werk.

„Peter Kunrad" ist die älteste der poetischen Erzählungen Klaus Groths, man merkt es auch an einigen Unbeholfenheiten. Im übrigen ist es eine wahrhaft rührende Geschichte, die in der Charakteristik doch schon ziemlich sicher ist: Ein Dithmarscher Bauernsohn heiratet eine Komödiantin, es wird begreiflicherweise eine unglückliche Ehe, er aber stirbt an gebrochenem Herzen, als sie von ihm geht. Das scheint modernen Lesern leicht sentimental, es gab aber sicher einst die Art Menschen, die Klaus Groth in dem Helden hin= stellt. Einen unheimlichen Zug hat wieder „Peter Plumm": Ein armes Mädchen verkleidet sich als Bursche und nimmt Knechtsdienste. Sieben Jahre lang bleibt sie brav und wacker, dann, als sie wieder Weibertracht anlegen muß, geht — ein feiner Zug — ihre Natur mit ihr durch, und sie endet als Kindesmörderin. „Hanne ut Frankrik" erzählt in behaglichen Hexametern eine glücklich endende Liebesgeschichte — in Hermann und Hanne haben wir zuerst die jugendlichen Lieblingsgestalten des Dichters, die in seinen späteren Werken noch öfter wiederkehren, er hochstrebend, männlich=kraft= voll, aber durch widrige Umstände zurückgehalten, sie sein, zart, nicht ganz unter die Töchter des Landes passend. Auf diesem Gebiete hat Klaus Groth seine Höhe erst in späterer Zeit erreicht, obgleich doch diese drei Dichtungen, auf wahren Erlebnissen beruhend und vieles Zuständliche des Volkslebens treu wiedergebend, ihren Platz im „Quickborn" voll ausfüllten, sozusagen den weiten Kreis, den der Dichter sich gezogen hatte, schlossen.

Es wird mir hoffentlich gelungen sein, von dem Reichtum und der Mannigfaltigkeit des „Quickborns" einen hinreichenden Begriff zu geben, vielleicht auch von der Vollendung des Einzelnen. So stelle ich nun mit größerer Zuversicht wiederum die Frage: Wo ist eine zweite solche Gedichtsammlung? Wollte Gott, es steckte noch in jedem deutschen Stamme die Kraft, einen Dichter hervorzubringen, der sein Stammestum in dieser Weise verkörperte! O, ich weiß recht gut, daß es auch in anderer Form, im Roman und im Drama geschehen kann und geschehen ist, ich habe nichts dagegen einzuwenden, daß die Schweizer in Jeremias Gotthelf, die Österreicher in Anzengruber und Rosegger, die Thüringer in Otto Ludwig, die Mecklenburger in Fritz Reuter und meinetwegen

6*

auch die Schlesier in Gerhart Hauptmann die
Höhe ihrer volkstümlichen Dichtung sehen. So
vollkommen wie in den lyrischen Gedichten und
den kleineren poetischen Gattungen des Quickborns
kann es aber im Roman und Drama nicht ge=
schehen, nur in der Lyrik schießt alles zu Blumen
und Blüten auf, strahlt alles in Farben, duftet
alles. Für den Oberdeutschen mag es ziemlich
schwer sein, im „Quickborn" die Farben, nament=
lich die feinen Nuancen, zu erkennen, den Duft
zu empfinden, unmöglich ist es sicher nicht, da wir
Niederdeutschen doch auch den Hebel würdigen
können — nun wohlan, so nehme man den alten
„Quickborn" jetzt nach fünfzig Jahren noch einmal
wieder zur Hand, suche sich völlig in ihn einzu=
leben, und ich bin gewiß, man wird die höchsten
künstlerischen Genüsse davontragen, wird mir recht
geben, daß Klaus Groth kein bloßer Dialektdichter
(d. h. nach der allgemeinen Empfindung ein Mann,
der neben der hochdeutschen Dichtung einherläuft
und hier und da eine nette Variation zu stande
bringt), sondern der selbständige Entdecker einer neuen
poetischen Welt, ein großer deutscher Lyriker, ein
Volksdichter im Sinne Schillers ist.

VIII.

Der Dichter des „Quickborns" ver=
ließ die Insel Fehmarn Mitte April 1853, noch
immer krank, von seinem treuen Bruder Johann
begleitet, um nach Kiel zu gehen. Er kam nicht
weit, in Lütjenburg brach er zusammen und
mußte dort Monatelang liegen. Zu Pfingsten er=
hielt er den Besuch seines Landsmannes Karl
Müllenhoff (M. stammte aus Marne), der den
„Quickborn" in der „Augsburger Allgemeinen
Zeitung" und anderswo angezeigt hatte und da=
durch mit Klaus Groth in Briefwechsel geraten
war. Nachdem der Dichter in der zweiten Hälfte des
August endlich nach Kiel gekommen, trat er dann
zu Müllenhoff in ein näheres Verhältnis, dem
wir die Durchführung der Orthographie, das
Glossar und die Einleitung zum „Quickborn" in den
späteren Auflagen, auch, wie schon hier und da
erwähnt, die Anregung zu manchen Gedichten ver=
danken. Zunächst lebte Klaus Groth in Kiel noch sehr
zurückgezogen, gesundete nun aber allmählich und
vermochte im Winter 1854/55 seine erste platt=
deutsche Erzählung, den „Detelf" zu schaffen.

Schon im Spätherbst 1853 hatte ihm die Regierung die Mittel zu einer größeren Reise gewährt,
im April 1855 trat er sie an, hatte in Hamburg
noch einen Rückfall in seine Krankheit durchzu-
machen, erholte sich aber rasch, besonders durch
einen Aufenthalt in Pyrmont, und kam dann nach
Bonn, wo er bei Professor Böcking Wohnung
nahm und die Bekanntschaft Otto Jahns, Arndts,
Dahlmanns, Simrocks machte. Mit Böcking reiste
er im Herbst des Jahres Rhein und Mosel hinauf, in den Schwarzwald und an den Vierwald-
stätter See und kehrte darauf nach Bonn zurück,
wo er nun längere Zeit lebte. Am 27. Januar 1856
wurde ihm von der philosophischen Fakultät der
Universität das Doktordiplom überreicht. Nach
einem Aufenthalt in Leipzig und Dresden, wo
Klaus Groth u. a. Freytag und Auerbach kennen
lernte, begab er sich im Sommer 1857 wieder
nach Kiel und verheiratete sich im nächsten Jahre
mit Doris Finke aus Bremen. Ziemlich gleichzeitig habilitierte er sich an der Universität für
deutsche Sprache und Litteratur. Es ist bezeichnend, daß darüber Müllenhoffs Freundschaft für
Klaus Groth in die Brüche ging. Er riet dem

Dichter, als dieser von seiner Habilitation sprach „Mathematik für angehende Mediziner zu lesen", worauf Klaus Groth, dessen profundes Wissen der Gelehrte in der Einleitung von 1856 so warm hervorhebt, ganz richtig fragte: „Müllenhoff, sind Sie wirklich verrückt?" Klaus Groth hat nie aufgehört, seines Landsmannes Verdienste um den „Quickborn" zu preisen, wir haben natürlich keine Veranlassung, nicht auch die Kehrseite der Medaille zu zeigen: Ein Dichter wird mit einem gelehrten Philologen nie leicht auskommen; denn gerade das, worauf des Dichters eigentliche Bedeutung beruht, sieht oder respektiert jener nicht, und ob er noch so schöne Worte über poetisches Verdienst zu machen versteht. — Es ist nicht viel, was noch aus Klaus Groths Leben zu erwähnen übrig bleibt. Unter der österreichischen Verwaltung Holsteins durch den General von Gablenz wurde er Professor mit einem kleinen Gehalt, das die preußische Regierung später verdoppelte. Seit 1866 besaß er ein eigenes Haus am Schwanenweg (jetzt Klaus Groth-Platz) in Kiel, das er auch, nachdem sein Schwiegervater sein Vermögen verloren hatte, zu halten vermochte. Mit seiner Frau lebte er sehr glücklich, aber sie erkrankte bereits 1864 an einer Lungenaffektion und starb 1877, nachdem der Dichter vergebens versucht hatte, sie durch einen Aufenthalt an der Riviera zu retten. Nicht oft hat Klaus Groth seine Heimat verlassen, doch war er schon 1863 in England und Frankreich, dann in Holland (in Oxford, London, Leyden, Amsterdam hat er Vorträge gehalten), 1886 noch in Italien, bei seinem Freunde Allers auf Capri. Eine seiner größten Lebensfreuden war die Musik, und namentlich mit seinem halben Landsmann Johannes Brahms, dann auch mit Stockhausen, Joseph Joachim, Hermine Spieß hat er in lebhaftestem Verkehr gestanden. Ein Sohn ist ihm, schon herangewachsen, gestorben, ein anderer lebt verheiratet in Mainz — im ganzen ist des Dichters Heim jetzt einsam geworden, aber er ist noch von wunderbarer geistiger Frische, liest immer noch sehr viel und weiß köstlich zu erzählen. Die Stunden, die ich 1895 und 1898 bei ihm verbringen durfte, zählen zu den schönsten meines Lebens.

Doch, wir müssen in die fünfziger Jahre zurück, in jene trotz der politischen Reaktion so schöne und bedeutsame Zeit, die meiner festen

Überzeugung nach) die Litteraturgeschichte einst als das silberne Zeitalter der deutschen Dichtung bezeichnen wird. Klaus Groth gehört unter die markantesten und einflußreichsten Persönlichkeiten dieser Zeit, auf seinen „Quickborn" ist der neue Aufschwung der mundartlichen deutschen Dichtung zurückzuführen. Man setzte damals große Hoffnungen auf diese, Klaus Groth selbst nahm aber doch nur für die niederdeutsche Poesie besondere Bedeutung in Anspruch, weil die niederdeutsche Sprache eben keine Mundart, sondern die ebenbürtige Schwester des Hochdeutschen sei. In seinen „Briefen über Hochdeutsch und Plattdeutsch" (1858) vertrat er dann die Ansicht, daß das Übergewicht des Hochdeutschen über das Niederdeutsche für die Entwicklung unserer Litteratur bedenklich gewesen sei, womit er selbstverständlich auf heftigen Widerspruch stieß. Es liegt heute keine Veranlassung vor, das Schlachtbeil wieder auszugraben; ich begnüge mich, eine ältere Auslassung Klaus Groths (in der 4. Auflage des „Quickborns") hierher zu setzen, die mir durchweg haltbar erscheint, und als Korrelat dazu eine Äußerung Hebbels über die Frage. Klaus Groth

schreibt 1855: „Es ist Mode geworden, unsere
Poesie als mundartige oder als volkstümliche zu
bezeichnen. In den letzten Jahren ist eine Flut
von mundartigen deutschen Dichtungen entstanden,
jedes Ländchen hat seinen Solosänger ins Konzert
der deutschen Völkerstimmen gesandt, und je unver=
ständlicher er zwitschert, für desto origineller hält
sich der Vogel. Wenn man von da den Namen
mundartige Poesie herleitet, so legen wir Protest
ein. Das Plattdeutsche hat verschiedene Mund=
arten, z. B. die dithmarsche, angler, westfälische,
mecklenburgische, pommersche — zum Beweise, daß
es selbst keine Mundart ist; es ist eine selbstän=
dige Sprache, die ebenbürtige, ja, ältere Schwester
des Hochdeutschen. Sie hat für alle Töne
der Menschenbrust den direkten Ausdruck, für
einen ganzen Menschengeist den artikulierten Leib,
für jeden echten Gedanken das rechte Gewand;
sie ist nicht etwa naiv oder komisch oder derb
oder schlicht: sie hat zum Lachen und Weinen die
Geberde, sie kann gar vornehm und herablassend
sein, und es steht ihr wohl an. Und wir, wir
Plattdeutsche sind nicht etwa eine Abart von
Volk, oder Klasse von Menschen, oder eine niedere

Sphäre, denen man auch ihre Freude gönnt, ihnen
freundlich zunickt: sie möchten nur weitersingen,
es sei ganz artig — wir sind nicht eine natur=
wüchsige Kaste mit einer volkstümlichen Poesie:
sondern wir haben ein ganzes Menschenherz im
Leibe und einen vollen Atem in der Brust, und
wenn es denn notwendig nach dem Schnabel
klassifiziert sein muß, so wartet doch — der Früh=
ling hat erst begonnen —, ob nicht vielleicht noch
Nachtigallen unter uns nisten werden, und ordnet
uns nicht voreilig unter die Kohlmeisen. Mit
einem Wort: wir haben und geben
Poesie, urteilt, was sie als solche
wert sei." Es war das gute Recht eines
Dichters, so zu sprechen. Hebbel schrieb 1859:
„Die plattdeutsche Litteratur ist, nachdem sie lange
geruht oder vielmehr in tiefster Stille ihren Faden
fortgesponnen hat, plötzlich wieder auf den Markt
getreten und sogar mit einigem Lärm. Man darf
Klaus Groths Briefe über Hochdeutsch und Platt=
deutsch als ihr neuestes Manifest betrachten, und
diese haben, der wunderlichen Meinung gegen=
über, daß das Plattdeutsche ausgerottet werden
müsse, die sich vor Jahren einmal hervorwagte,

seine Existenzberechtigung aufs Unwiderleglichste
dargethan. Nur kann ich dem Verfasser nicht bei-
stimmen, wenn er daraus, daß alles plattdeutsch
gesagt werden kann, den Schluß zieht, daß auch
alles plattdeutsch gesagt werden darf. Das würde
auch nach meiner Ueberzeugung auf dem einzigen
Gebiet, auf dem wir Deutsche seit Jahrhunderten
einig sind, eine unheilvolle Zersplitterung herbei-
führen und zur Folge haben, daß der National-
geist, der bis jetzt doch wenigstens in der Litteratur ganz und ungebrochen wirkte, auch hier dem
entkräftenden Dualismus verfiele, der vielleicht
dereinst in der Weltgeschichte den Namen des
deutschen Fluches tragen wird. Man soll
plattdeutsch sagen, was sich nur plattdeutsch sagen läßt; wenn wir weiter gehen,
so kommen wir am Ende wieder zur plattdeutschen
Bibel zurück und mit Entfernung der hochdeutschen
ist die Brücke zwischen dem Volk, dem doch eben
genützt werden soll, und der hochdeutschen Kultur,
der sich doch schwerlich bis zum jüngsten Tage
eine ebenbürtige plattdeutsche an die Seite setzen
dürfte, auch zerstört. Den Kreis aber steckt das
Herz ab, denn das Gemütsleben, trete es nun

rein lyrisch als persönlicher Empfindungslaut des
Individuums oder humoristisch als Gefühlsaus=
druck des allgemeinen Weltzwiespalts hervor, ist
so untrennbar an die Muttersprache gebunden,
wie das Blut an die Ader, weshalb sich Klaus Groth
und Fritz Reuter oder „Reinke de Voß", trotz
Goethe, nicht ins Hochdeutsche übertragen lassen,
aber ebensowenig Ludwig Uhland und Eduard
Mörike ins Plattdeutsche. In diesem Kreise haben
sich die plattdeutschen Dichter auch instinktiv ge=
halten, selbst Klaus Groth, ungeachtet seiner
Theorie." Ganz gewiß hat Klaus Groth das
gethan, es drängte jedoch damals noch das ge=
samte Volksleben Dithmarschens zum Ausdruck in
heimischer Sprache, und so mußte Klaus Groth
sie überall wählen. Bei der ästhetischen Beur=
teilung seiner Dichtung kommt aber der Umstand,
daß sie plattdeutsch ist, gar nicht in Betracht oder
wenigstens nicht mehr in Betracht, als eben auch der
Charakter des Hochdeutschen dabei heranzuziehen wäre.
Darin stimmen Hebbel und Klaus Groth überein:
Auch plattdeutsche Poesie kann vollwertige deutsche
Poesie sein, nein, sie ist das, wenn sie überhaupt
Poesie ist — und so können wir die ganze

Sprachfrage unter den Tisch fallen lassen, zumal heute wohl kaum noch das Gesamt = Volksleben irgend eines deutschen Stammes zum Ausdruck in der heimischen Sprache drängt. Da hat sich Klaus Groth getäuscht: er stand nicht am Anfang einer Entwicklung, er schloß eine ab, das alte Niedersachsen brachte seinen Dichter hervor, ehe es zu Grunde ging. Aber in seiner Dichtung lebt es nun doch weiter.

Die dichterischen Werke Klaus Groths, die er seit dem „Quickborn" herausgegeben, sind in chrono= logischer Reihenfolge: „Hundert Blätter. Para= lipomena zum Quickborn" (hochdeutsche Gedichte) 1854, „Vertelln" (plattdeutsche Erzählungen, I. Bd. 1856, II. Bd. 1860, „Voer de Goern" (Kinder= reime) 1858, „Rotgetermeister Lamp un sin Dochter" (Gedicht) 1862, „Fiv nie Leder" 1864, „Quick= born", II. Teil 1870, „Ut min Jungsparadies" (Erzählungen) 1876. Wir halten uns bei unsrer Betrachtung an die Gesamtausgabe und fassen jetzt den zweiten Teil des „Quickborns" ins Auge, zu dem alle späteren plattdeutschen Dichtungen Klaus Groths mit Ausnahme des Bruchstückes „Sandburs Dochder" vereinigt sind.

Er bildet nicht gerade wie der erste ein Ganzes, er trägt in etwas den Nachlesecharakter, wenigstens sein lyrischer Teil, aber doch sind Stücke darin, die es mit den besten des ersten Teils aufnehmen können. Dazu gehören von den persönlich=lyrischen Gedichten beispielsweise „In Düstern", „Opt Feld alleen", „Nan Baben", „Ant Dewer", „To Schäp" — ich setze „Ant Dewer" hierher:

„De Strom be treckt voeroewer
Un Segeln treckt der mit,
Geruhi liggt dat Dewer
Un steit de frame Hütt.

Reth steit herum to wanken,
De Fotstig treckt der lank,
Min Hart un min Gedanken
De gat denfülwen Gank.

De Segeln swevt voeroewer,
De Strom bi Dag un Nacht,
Och, un vun Dewer to Dewer
Gat min Gedanken sacht.

Gat mank dat Reth alleben,
Gat mit den Stig herop,
Ja, mit den Rok na'n Heben
Dar stigt se himmelop.

> Ik kann den Strom ni stoppen,
> Nich buten un nich binn,
> Dat geit as wogen un kloppen
> Mi jümmer boer den Sinn."

Wie das jedem Dichter, wenn er älter wird, so geht, mischt sich nun auch Reflexion in die Lyrik; man vergleiche die Gedichte „Dat Glück", „Wat is en Jahr", „Min letzte Leed", „Twe Tekens an min Hus", „Aarnleed". Doch ist dem Dichter die alte Kunst des volksliedartigen Liedes treu geblieben: Wie frisch klingen noch „Wer hö't se voer de Deef"? und die Lieder in dem Cyklus „Ei du Lütte", wie ergreifend wirkt „An de Karkhofsport" und der ganze Cyklus „Uennern Flederbom", aus dem die folgenden Strophen genau so volkstümlich geworden sind wie nur irgend welche aus dem ersten Teil:

> „Keen Blom so schön, de mutt vergan,
> Keen Steern de blüfft ann Heben stan.
> He glänz mi as dat Morgenlicht,
> Nu lenngt min Hart un findt em nicht!

> He weer mi as de Morgendau,
> Min warme Sünn ann Heben blau.
> De düstern Wulken gat so dicht,
> Nu lenngt min Hart un findt em nicht.

Min Sünn is weg un ünnergan,
If mutt bedröwt un truri stan.
Te Thran bedeckt mi dat Gesicht —
Nu lenngt min Hart un findt em nich!"

Einen ganz neuen Ton trägt in den zweiten Teil
die patriotische Lyrik hinein, die fünf neuen Lieder
zum Singen und Beten für Schleswig = Holstein:
das Lied auf die Schlacht bei Idstedt ist so kräftig
und volkstümlich, daß man sich wundert, es nicht
in jeder Sammlung deutsch=patriotischer Lyrik zu
finden:

„Uns twintig Bataillonen
Bi Idstedt wat en Heer!
Kanonen un Schwadronen
Uns egen Lüd un Per!

Dat weer de Herr Willisen,
Dat weer de General,
Weer awers nich von Isen,
Un of teen Mann von Stahl.

Wi harrn se seker kregen,
Se dwungen stumm un dumm;
Do blas' dat langs de Regen:
Torügg, Kamrad, kehr um!

Weer dat en Tid tum Blasen:
„Umkehrt!" as bi en Jagd?
Gung't denn op Reh un Hasen,
Weer't nich en bittre Slacht?

Harrn wi nich stan as Palen?
Nich wadt in Sweet un Blot?
Un Mennig schreeg in Qualen,
Un Mennig leeg dar dot!" u. s. f.

Ich denke, das Gedicht kann in seiner Art den
Vergleich mit den so vielgerühmten patriotischen
Strophen Theodor Storms aushalten. — An die
besten Balladen Klaus Groths schließen sich „Herr
Nanne", „De Alkenkrog", „De Hasenkrieg" würdig
an. Die Idylle ist durch das so überschriebene,
dem eigenen Leben des Dichters entnommene Ge=
dicht vortrefflich vertreten, idyllisch wirken auch
Gedichte wie „Summerbild ut de Marsch", „In
Harst", „Harstregen", „Lebensabend", mit welch
letzterem zusammen ich das ergreifende, so ganz
aus der Seele unseres Volkes stammende „He
mugg ni mehr" nennen möchte. Auch der alte
Humor ist dem Dichter treu geblieben und hat gar
noch ein neues Gebiet erobert, das Seemannsleben
der Ostküste. Klaus Groths „Kaptein Pött" ist
sicherlich eine der ergötzlichsten Gestaltungen des
deutschen Seebären und, den Mann in plattdeutschen
Sonetten seine Ansichten aussprechen zu lassen, ein
ganz gelungener Einfall, der nicht etwa nach der

Lampe riecht — man lese nur! Sehr reich sind
in dem zweiten Teil des „Quickborns“ auch die
Kinderlieder vertreten, viele diesmal dem wirklichen
Volkskinderreim nahestehend, manche aber doch auch
wieder von bemerkenswerter Selbständigkeit und
Schönheit, wie z. B. „Dat Kind weer erstaunt“:

> „Hier is be Steen — un hier be Sot —
> Un be Mann be drog en swarten Hot —
> He sett sik op ben groten Steen —
> He sett ben Hot sik oppe Kneen.
>
> Dat Dot weer in den swarten Hot —
> Dat Water in den deepen Sot.
> He wisch den Sweet sik vunnen Kopp
> Un trock sik langsam Water op.
>
> He hett dat brunken ahn en Wort,
> Un neem sin Hot un wanner fort. —
> Dar is de Sot — un bar be Steen —
> De kann dat Kind ut Finster sehn.“

Des Weiteren enthält der Band ziemlich viele
Übersetzungen, besonders nach dem Holländischen
und Blämischen. Der blämische Dichter Pol de
Mont, der recht wohl erkannt hatte, was Klaus
Groth der ganzen niederdeutschen Sprachbewegung
genutzt, rief dem Dichter zu:

7*

„Du düetsche Stalb, du edle Fründ,
Du fri un stolt Gemoth —
Di leo un gröt ik — nimm min Hand:
Bün Kind vun't sülwe Blot!"

und Klaus Groth suchte wieder die Holländer und
Blämen seinem Volke näher zu bringen. Sehr
zahlreich und in ihrer Art bedeutend, bald ernst,
bald humorvoll sind dann die Gelegenheitsgedichte
im zweiten Teil des „Quickborns".

Bei weitem die wertvollste Gabe bietet er je-
doch in den beiden größeren Dichtungen „De
Heisterkrog" und „Rotgetermeister Lamp un sin
Dochder".

———

IX.

„Rotgetermeister Lamp un sin
Dochder" und „De Heisterkrog" bezeichnen mit den besten der Lieder und Balladen
die Höhe der Poesie Klaus Groths. Was „Peter
Kunrad" und „Hanne ut Frankrik" versprochen,
ist in ihnen vollgereift und damit schon das thörichte
Gerede, daß Klaus Groth keine Entwicklung gehabt
habe, als hinfällig erwiesen. Die beiden Werke

ergänzen sich, der „Rotgeter" stellt Geest und Geest-
leute — auch Heide, wo er spielt, ist ja Geest-
boden —, der „Heisterkrog" die Marsch und Marsch-
leben dar; der „Rotgeter" bleibt im wesentlichen
Idylle, der „Heisterkrog" ist Schicksalsgeschichte;
über dem „Rotgeter" steht sozusagen die Sonne
„Hermann und Dorotheas", der „Heisterkrog" ist
modern und dementsprechend auch in jambischen
Versen geschrieben, während beim „Rotgeter" der
Hexameter verwendet ist. Ganz ähnlich steht es
übrigens schon mit „Peter Kunrad", der dem
„Heisterkrog", und „Hanne ut Frankrik", die dem
„Rotgeter" entspricht — es ist bewunderungs-
würdig, wie sicher Klaus Groth von vorne herein
seinen Weg ging, wie richtig er die Mittel für
seine Zwecke allezeit wählte. Wie bei allen großen
Talenten waren bei ihm Kraft und Erkenntnis
stets im schönsten Gleichgewicht, er konnte, was er
wollte, und es ist nie vorgekommen, daß er fehl-
gegriffen hätte. Dazu gehört freilich auch eine glückliche Natur und der feste Wille, allezeit Poet, nur
Poet zu sein.

Der „Rotgetermeister" hat wenig Handlung;
auf ihn paßt daher wohl die Bezeichnung idyllisches

Epos. Ich habe von der Sonne „Hermann und
Dorotheas“ gesprochen, die auf dem Werke ruhte;
eine Nachahmung des Goethe'schen Werkes ist es
natürlich nicht, alles, was Klaus Groth giebt,
giebt er aus Eigenem, seine Menschen sind schärfer
geprägt, sein Detail ist realistischer, seine Welt im
ganzen enger als die Goethes. Es wohnt in der
Stadt Heide ein Rotgießermeister — lieber hört
er sich Gelbgießer nennen —, der eine schöne
und brave Tochter hat. An einem Tage, wo in
Heide etwas los ist, das neue Werk- und Armenhaus eingeweiht wird, kommt nun ein „Vetter“,
ein Geestbauer, in die Stadt gefahren und wirbt
durch seine Schwester um das Mädchen. Sie
schlägt den Bewerber aus, denn sie trägt einen
Jugendgespielen, den Sohn eines aus Holland
stammenden Ölmüllers, im Herzen. In stiller
Nacht darauf geht ihr das, was sie gethan hat,
noch einmal durch den Sinn; sie sieht den schönen
Geesthof vor Augen und denkt an das ruhige
Leben, das ihr alt werdender Vater bei dem tüchtigen
und gutherzigen Schwiegersohn führen könnte;
aber nein, sie hat doch recht gethan. Am andern
Morgen trifft sie mit dem als gereifter Mann

wieder heimgekehrten Jugendgenossen am Sterbe-
bett seiner Großmutter zusammen, ihr Glück ist
gesichert. Das ist die ganze Handlung der Dichtung,
aber wie trefflich ist die Charakteristik, wie reich
das Detail. Vor allem der alte Rotgießer ist
lebensvoll geraten, ganz individuell, trotzdem er
auch ein vortrefflicher Standestypus ist: Ein
Mensch mit sehr vielen Eigenheiten, so daß er
Fernstehenden leicht etwas komisch erscheint, aber
herzensgut, zum Raisonnieren geneigt, durch das
Alter und den Verlust seiner Frau etwas trüb-
sinnig oder doch wehmütig geworden, aber doch
wieder voll von Interessen, voll Erfahrung und
praktischen Sinnes. Man fühlt die Liebe, mit der
er geschaffen ist, der Einheimische bewundert
daneben auch die tiefe Menschenkenntnis und aus-
gezeichnete Beobachtungsgabe des Dichters. Der
heitere, zum Wohlleben geneigte Nachbar Schlachter
bildet zu ihm einen hübschen Gegensatz; mitten
inne steht der arbeitstüchtige und arbeitsfrohe,
in seiner Art stolze Geestbauer. Ein Armenhaus-
insasse, der nur vorübergehend auftaucht, kehrt noch
in einem spätern Werke Klaus Groths wieder.
Mädchengestalten werden bekanntlich nie so indivi-

duell wie Männergestalten, die Mischung von
Ernst, Frische und Lieblichkeit in der Anna ist
dem Dichter aber doch gut geglückt. Sie ist eine
der blonden Mädchengestalten des Dichters; er hat
auch dunkle („Hanne ut Frankrik" ist die erste
dieser Reihe), die gewöhnlich feiner und zarter,
ein bißchen fremdartig gehalten sind. Der Lieb=
haber, Johannes Baas, hat etwas von Hermann
in der „Hanne", doch sind er und überhaupt die
Holländer in der Dichtung nicht so sorgfältig
ausgeführt wie die übrigen Personen, nur ihre
Volksart tritt scharf hervor. Klaus Groth liebt
es, mit Recht, durch Gegensätze zu seinem Dith=
marscher Volkstum zu wirken, er bringt dadurch
auf das natürlichste Leben und Abwechslung in
seine größeren Dichtungen. Ganz wundervoll ist
das Detail im „Rotgeter", Straße, Haus, Werk=
statt, Stube, Feld, alles gewinnt sein eigentümliches
Leben. Weder die Hantierung bei der Rotgießerei
noch das Fuhrwerk, die Pferde und das Zaum=
zeug des Geestbauern bleiben ungeschildert, aber
jede Schilderung ist auch am rechten Platze. Wer,
wenn er nicht eben ein unverbesserlicher Büchermensch
ist, hätte nicht seine helle Freude an folgenden Versen:

„inne Bos verpusten de Brun sit,
Twee so glatt man se weibt op en Wisch twischen Eider un
Elfstrom.
Bleßte, tamm as de Schap, un lat sit locken as Schothunn,
Klok un trütsch as de Muppsen! — Dar! prust se nich gegen
uns Water?
Pumpenwater is hart, se drinkt to Hus uten Quellborn!"

Züge wie der letzte findet man etwa nur noch
bei Jeremias Gotthelf, bei den „poetischen Realisten"
der Zeit Klaus Groths wird man vergeblich danach
suchen. Und die eigentliche Poesie, die Poesie
im engeren Sinne kommt auch nicht zu kurz im
„Rotgeter". Ich erinnere nur an die eine Stelle,
wo der Dichter malt, wie dem Kinde die sonn=
beglänzte Welt unheimlich erscheint. Im ganzen
ruht, wie gesagt, Heiterkeit über dem Werke, die
Sonne aus den Jugendtagen des Dichters, die
ja doch auch die Sonne „Hermann und Dorotheas"
— direkt mag das Gespräch im sechsten Abschnitt
aus diesem Werke abzuleiten sein — und die
Sonne Homers ist.

Dagegen hinterläßt der „Heisterkoog" im ganzen
einen düstern Eindruck — das Naturleben der
Marsch ist einförmiger, düstrer, aber auch groß=
zügiger als das der Geest, und ihm entspricht

das Menschenleben. Klaus Groth hat seine Ge=
schichte nach Bredstedt im westlichen Schleswig
auf alten Friesenboden verlegt und die Lokalität
streng festgehalten, doch paßt seine Darstellung
des Volkslebens im wesentlichen auf jede Marsch=
gegend, beispielsweise auch auf die Wesselburner,
die der Dichter in seiner Jugend kennen gelernt
hatte. Die Dichtung beginnt mit einer sehr
lebendigen Schilderung des Bredstedter Michaelis=
marktes — Jahrmärkte bedeuteten bis in unsere
Tage hinein noch etwas im westlichen Schleswig=
Holstein, wo die größeren Städte fehlen, und es
ist Klaus Groth vortrefflich gelungen, nicht bloß
die Szenerie, sondern auch die Stimmungen des
Marktes von der hellen Vorfreude bis zu der
eigentümlichen Wehmut, die der fast jähe Zu=
sammenbruch der Marktherrlichkeit erweckt, wieder=
zugeben. Und am Schluß des Marktes läßt
er in künstlerisch feinberechneter Weise zuerst seinen
Helden Johann van Haarlem auftreten — mit
seinen beiden Schwarzen fährt er rasch vorüber,
und es fällt das dunkle Wort „Es läßt ihn bis=
weilen nicht zu Hause." Mit dem zweiten Gesang
setzt die Vorgeschichte ein; wir sehen, wie ein

neuer Koog dem Meeresboden abgewonnen wird
und wie sich ein Holländer, Rip van Haarlem,
dort ansiedelt, den Heisterkrog gründet. Der dritte
Gesang stellt die Kindheit des Helden, Rips Sohnes,
dar; die ganze eigenartige Poesie der Marsch
kommt in diesem Gesange zur Erscheinung. Und
dann ist der Held herangewachsen, lebt seine
rasche, feurige Jugend und sieht sich unter den
Töchtern des Landes um, um zuletzt doch auf
Rat seines Vaters eine entfernte holländische
Kousine zu heiraten. Der Vater stirbt, alles geht
seinen Gang, nur Kinder kommen nicht ins Haus,
die Frau ist kränklich — da setzt das Schicksal
ein: Im fünften Gesange lernen wir die Familie
eines Angliters kennen, der sich als Weber in
Brebstedt niedergelassen hat, und dessen Tochter
Maria das Wohlgefallen der Frau van Haarlem
erregt. Am Brebstedter Michaelismarkt nimmt sie
sie zu sich auf den Wagen und fährt mit ihr durch
den Ort. Der sechste Gesang bringt schon den
Ausgang: Maria kommt, als ihr Vater nach
Amerika auswandert, auf den Hof, langsam entsteht
die Liebe zwischen ihr und Jan, lange wissen sich
beide zu beherrschen, da, eines Tages, als Jan zu

Markte fahren will, kommt es unversehens zu Wort
und Kuß, Frau van Haarlem sieht es und geht ins
Wasser, Maria stirbt ihr nach, Johann vereinsamt:

„As he dat Graff harr tweemal oepen laten,
Wo 't vun de Port ut, wo de lahme Püttjer
Sünnabends seet, dweer oewern Karkhof föhr,
Wo 't ruhig ünner hoge Rüstern leeg,
To fahr Jehann to Hof, un keem nich wedder.
Blot dann un wann, vellicht in 'n hogen Summer,
Vellicht in 'n Harst, tomal Michelimarkt,
Wenn 't roewer trock na Marsch as fröli Stimm
Von Minschen, Veh, vun Orgeln un Gesang,
Denn jag he mit sin Swarten rop na Bredstedt.
Dat lee em ünnerwilen nich to Hus,
As Jan sä vun de Trepp, un wer em seeg,
De wust, he jag mal um den Karkhof rum,
Da, wo Fru Haarlem leeg un Mika Wewers,
Un denn verswunn he, aewern Dreecksplatz,
Na Brecklum langs, na Süderwischen dal,
Un eensam wedder, fründli still und stumm,
So seet un keek he ut sin Peselfinstern,
Un wanner langs de Fenn un langs den Dik.

Doch wis' dat Volk sik abends ute Feern,
Wenn hell de Kimming glemt, de hogen Eschen
Un sprok mit lisen Stimm und as mit Andacht
Von Schuld un Unglück op den Heisterkrog.“

Es ist ungefähr die Welt, in die Theodor
Storms (viel spätere) letzte Novelle, „Der

Schimmelreiter" führt, die Klaus Groth hier
dargestellt hat, auf seine besondere Art natürlich),
immer noch der alte lebensfrohe Realist, doch
mehr als sonst auch durch Stimmung wirkend. Der
alte Rip van Haarlem, viel umher getrieben im
Leben, hat jene Resignation, die so viele Menschen
Theodor Storms auszeichnet, dithmarsisch=nieder=
sächsisch eigentlich nicht ist; sein Sohn Johann ist
eine Kraftnatur, wie sie sich in den Marschen
häufig ausbildet, und wir wissen denn auch bald,
daß sie nicht ohne ihr Schicksal durchs Leben
kommen wird. Maria wirkt vor allem durch den
Zauber der Schönheit, ist aber dabei eine äußerst
keusche Natur, dem Leben nicht allzufremd — man
denkt an den Agnes Bernauer = Typus, auf den
sich in der That eine Reihe von Frauengestalten
Klaus Groths zurückführen lassen, wie denn auch
Hebbel früh an ihn geraten ist. Als Neben=
personen treten sehr wirksam Jan van de Trepp,
einer der in den Marschen nicht seltenen Er=
finder, dem zum Perpetuum mobile nur noch ein
bißchen fehlt, und die gleichfalls aus dem Leben
gegriffenen Brüder Lüsing, musikalische Tischler,
auf. Sehr gut charakterisiert ist auch der Durch=

schnittsmarschbauernschlag mit Söhnen und Töchtern. Über dem Ganzen liegt verschleiernd die Marsch= luft, trotz alles Realismus im einzelnen, und selt= sam tiefe Töne bringen bisweilen — man weiß kaum, woher — herauf. Ja, er ist Klaus Groths Meisterwerk, „Der Heisterkrog", wenn man eben nur die größeren Werke ins Auge faßt, freilich auch wohl das, wo er hochdeutscher Dichtung am nächsten kommt, das am ersten übertragbar wäre. Das scheint auch Emanuel Geibel empfunden zu haben, als er es Klaus Groth gegenüber „über= haupt das allerschönste Idyll" nannte und weiter sagte: „Den Vers, den du baust, kann selbst mein Freund Paul Heyse nicht." Nein, den kann er wohl nicht und auch manches andere nicht; die hochdeutschen Dichter, die Konkurrenz fürchteten, konnten froh sein, daß Klaus Groth der heimischen Sprache treu blieb.

Man hat den „Heisterkrog" nicht genug be= achtet, selbst in Schleswig=Holstein nicht. Als er erschien, war die Begeisterung für die volkstüm= liche plattdeutsche Dichtung schon so ziemlich wieder dahin. So viel muß ich aber doch fest= stellen: In den fünfziger und sechziger Jahren

hat sich Klaus Groth in seiner Heimat und
darüber hinaus einer so echten Popularität er=
freut, wie sie kaum je einem Dichter zu teil ge=
worden ist, die Kluft zwischen Gebildeten und
Volk war, wie Müllenhoff sagt, damals in diesem
Betracht wirklich ausgeglichen, im Honoratioren=
zimmer wie in der Gesindekammer wurde der
Dichter gelesen, gesprochen, gesungen, das ganze
Volk betrachtete ihn als den seinigen. Ich z. B.
habe den „Orgeldreier" aus Muttermund kennen
gelernt, obgleich das Buch nicht in unserm Hause
war, und „Lütt Matten de Has" und „Aanten in
Water" im wörtlichen Sinne des Wortes von der
Straße mitgebracht, „Lütt Anna Kathrin" von der
Liedertafel singen und „Min Jehann" unter
starker Rührung von Leuten aus dem Volke
deklamieren hören. Aber dann kam, für uns
Schleswig=Holsteiner definitiv 1870, die neue Zeit,
die Zeitung verdrängte das Buch und die Poesie,
der patriotische Kommers, überhaupt die Wirts=
haussitzerei die zwanglosen Zusammenkünfte, unser
ganzes Volksleben ward uniformiert, verflacht,
zu Grunde gerichtet, und das traf auch unseren
Dichter Klaus Groth, dessen Wirkung auf die

Heimatliebe gegründet ist, wenigstens bei den breiteren Kreisen. Entschädigt wurde er freilich in etwas durch den Einfluß, den er in den Nieder= landen und in Nordamerika gewann.

Auch die Litteraturgeschichte hat Klaus Groth viel geschadet. Von Lyrik versteht der Durch= schnittslitteraturmensch ja überhaupt nichts und von plattdeutscher Lyrik, die mit dem Herzen ge= nossen sein will, selbstverständlich weniger als nichts. So konnte man, nachdem die erste Begeisterung für den Dichter verrauscht und — Fritz Reuter aufgetreten war, bald ganz seltsame Urteile über den großen niederdeutschen Lyriker lesen, die dann natürlich selbst bis in die Heimat wirkten, da es Neider und Leute, die den Propheten in seinem Vaterlande gern übersehen möchten, ja überall giebt. Noch heute findet man vielfach jene Urteile. Ich führe eins von ihnen an: „Der frische, körnige Humor, welchen Fritz Reuter so körnig zu Gehör brachte, fehlte darin (in Klaus Groths Dichtungen) oder ließ sich wenigstens nicht ohne einen gewissen Zwang erreichen. Überhaupt vermißt man das eigentlich Überzeugende oder vollkommen Natür= liche der plattdeutschen Form bei Groth. Man

hat von ihm den Eindruck eines ganz hochdeutsch
Gebildeten, welcher hochdeutsche Gedichte macht
und diese ins Plattdeutsche übersetzt. Diese Wahr-
nehmung wird dadurch bestätigt, daß er künstliche
Formen der Dichtung, z. B. das Sonett, verwendet, womit er die Grenzen des von ihm ge-
wählten Idioms überschritt. Deshalb sind auch
seine Dichtungen im wesentlichen mehr das Eigen-
tum der Gebildeten geworden und geblieben, als
daß sie ins Volk eingedrungen wären." Mit so
dummem und teilweise infamem Gerede glaubte
man den Dichter abthun zu können, dessen Gedichte ein Friedrich Hebbel, der als Niederdeutscher
für das Überzeugende und Natürliche doch wohl
Autorität war, mit denen Uhlands und Mörikes
verglichen und für unübersetzbar erklärt hatte, was
sie, wie ich aus eigener schmerzlicher Erfahrung
weiß (denn ich habe Übersetzungen versucht und
bin am Ende auch ein Stück Poet), in der That
sind. Übersetzte Klaus Groth wirklich selber ins
Plattdeutsche, so müßte doch die Rückübersetzung
sehr leicht sein. Welch eine Dummheit ist es ferner,
Klaus Groth den Gebrauch des Sonetts vorzu-

werfen, da er es nur zu komischen Zwecken, gleich=
sam zur Travestie benutzt hat, wie man ja auch
die feierliche Stanze im komischen Epos gebraucht.
Das Elend war, daß der erfolgreiche Fritz Reuter
überall als der Normalplattdeutsche angesehen
wurde, obwohl doch der Mecklenburger und der
Dithmarscher mindestens so verschieden sind als der
Bayer und der Schwabe, obwohl es doch eine
Forderung einfachster Gerechtigkeit ist, nicht den
Lyriker und den lyrischen Epiker mit dem Erzähler
und Humoristen über einen Leisten zu spannen.
Ich denke nicht im Traum daran, Fritz Reuter
seine eigentümliche Bedeutung abzusprechen, er ist
und bleibt der deutsche Dickens, aber ein großer
Poet, wenn ich den Begriff im strengsten Sinne
nehme, und ein großer Künstler ist er nicht, dazu
sind seine Werke viel zu wenig gleichmäßig, seine
Gefühlsdarstellungen viel zu sentimental, sein
Humor viel zu wenig wählerisch. Die jüngere
Generation hat sich darum auch schon vielfach von
ihm abgewandt, während Klaus Groth, der eben
künstlerische Gebilde gegeben, jetzt schon wieder mehr
verehrt wird. Nicht der große Unterhaltungs=
schriftsteller, der Reuter war, und der ohne große

poetiſche Gaben nicht denkbar iſt, der Dichter ſiegt zuletzt. Im übrigen können wir Niederdeutſchen uns freuen, daß wir „beide Kerle" haben.

X.

Mit ſeinem 1854/55 geſchriebenen, 1855 ver= öffentlichten „Detelf" (in den geſammelten Werken umgearbeitet als „Wat en Holſteenſchen Jung drömt, dacht un belevt hett voer, in un na den Krieg 1848") hat Klaus Groth auch die plattdeutſche Proſa=Erzählung, die plattdeutſche Proſalitteratur neu geſchaffen — Reuters „Franzoſentid" erſchien erſt 1860. Der Dichter ſelbſt macht in dem Vorwort zu ſeinen Erzählungen darauf aufmerkſam, daß plattdeutſche Proſa 1854 ſeit Jahrhunderten nicht geſchrieben worden ſei und eine gewiſſe Schüchternheit und Unſicherheit in ſeinen erſten Verſuchen daher ihre Erklärung finde; erſt im zweiten Bande ſeiner „Vertelln", in „Trina" und „Ut min Jungs= paradies" habe er ſie überwunden. Ich muß es den Philologen überlaſſen, des Dichters ſprachliche

8*

Entwicklung genauer zu verfolgen, erkenne aber
doch, daß bei ihm nicht bloß Wort und Wort=
form, sondern auch die Syntax plattdeutsch ist
(vgl. oben in Abschnitt II die Citate, die ich
wörtlich übersetzt habe), was immer als das beste
Kennzeichen der vollständigen Beherrschung einer
Volkssprache gelten muß. Reuter, glaube ich, ist
in dieser Beziehung viel hochdeutscher. Daß im
übrigen Klaus Groths „Vertelln" gegen die „Ollen
Kamellen" des Mecklenburgers nicht aufkommen
konnten, ist unschwer zu erklären; nur hätten die
Leute, deren Verpflichtung es ist, von deutscher
Kunst etwas zu verstehen, sie nicht über die Achsel
ansehen und die Landsleute des Dichters sie viel
mehr würdigen sollen.

Die Erzählungen Klaus Groths sind nicht
zahlreich, im ganzen acht an der Zahl, davon
drei größeren Umfangs: „Detelf" (ich behalte
den ursprünglichen Titel bei, 1855), „Trina"
(1856), „Um de Heid" (1871). Die kleineren
Erzählungen sind „De Waterbörs" (1855), „Witen
Slachters" (1877) und die drei „Ut min Jungs=
paradies" (1876): „Min Jungsparadies", „Von
den Lüttenheid" und „De Höber Moel". „Detelf"

spielt in einem Dorfe bei Heide und führt dann über die Schlachtfelder des unglücklichen Feldzugs von 1849/50, „Trina" hat das Geestdorf Odderade und Meldorf zum Schauplatz, „Um de Heid" Heide selbst. Heider Erzählungen sind ferner „De Waterbörs", „Witen Slachters" und „Von den Lüttenheid", während „Min Jungsparadies" und „De Höder Moel" in und bei Tellingstedt auf der norderdithmarsischen Geest spielen. Zeitlich am weitesten zurück geht „Um de Heid", das die Napoleonischen Kriege zum Hintergrund hat, alle übrigen mit Ausnahme vielleicht von „Trina", gehen von Kindheitserinnerungen des Dichters aus und erstrecken sich über die zwanziger, dreißiger und vierziger Jahre unseres Jahrhunderts. „Trina" kann man in die Zeit, wo sie geschrieben wurde, also in die fünfziger Jahre verlegen; jedenfalls spielt sie nach 1845.

Wenn ich nun die Erzählungen einzeln betrachte, so stellt sich mir die erste, „Detelf", als die stofflich, dem Gehalt nach, „Trina" als die künstlerisch bedeutendste dar; „Um de Heid" hält zwischen beiden die Mitte, ohne die eigentümlichen Vorzüge beider ganz zu erreichen. Ein

Bild schleswig=holsteinischer Zustände vor, während
und nach 1848 hat der Dichter in seiner ersten
Erzählung geben wollen, und er hat das auch
erreicht, wenn auch in engem Rahmen. Wir
haben kaum eine andere Erzählung, die uns so
unmittelbar in jene Zeit versetzte, und bei der
Schilderung des unglücklichen Ausgangs der Er=
hebung und der Ergebung ins unbezwingliche
Schicksal nach der Niederlage bricht sich das Mit=
gefühl des Dichters in solcher Stärke und Un=
mittelbarkeit Bahn, als wäre das Blut auf den
Gefilden Idstedts noch nicht vom Regen hinweg=
gespült. Aber die Erzählung ist trotzdem nichts
weniger als eine reinhistorische, sondern eher eine
biographische, die Kindheits= und Entwicklungs=,
in geringerem Grade die Liebesgeschichte des Helden
Detlef, eines Müllergesellen, tritt ebenbürtig neben
die Kriegsgeschichten, diese bilden die natürliche
Höhe, und so ist denn das Werk ein rundes
Ganzes. Noch ist der Dichter ein wenig karg im
Detail und gelegentlich etwas ungelenk, noch treten
die Nebenpersonen nicht so plastisch hervor, wie
in späteren Werken, doch wird der Charakter des
Helden, einer schlichten, geraden, tüchtigen nordi=

schen Mannesnatur mit jenem Zug nach dem
Höheren, den der Dichter allen seinen männlichen
Lieblingsgestalten giebt, in jeder Einzelheit ver=
ständlich, und schon zeigt sich, in der Gestalt des
Jochen Pee, der eigentümlich trockene Humor des
Dichters, der zugleich der seines Volksstammes ist,
und der sich von dem mecklenburgischen Reuters
dadurch unterscheidet, daß er nicht gern auf den
Tisch haut. Land und Volk Dithmarschen spielen
auch hier, wie bei fast allen Werken des Dichters,
gewissermaßen mit, und wenn man für den
Roman der Zeit die Forderung aufstellte, er solle
das deutsche Volk bei der Arbeit suchen, so ist
das hier in der natürlichsten Weise geschehen.
Eigentliche Problemgeschichten kennt Klaus Groth
nicht, das Seelenleben der Menschen wird nie
von ihrer Umgebung und ihrem Tagewerk los=
gelöst — wozu bei Dithmarscher Menschen aller=
dings auch keine Veranlassung vorlag.

„Trina“ ist die Geschichte eines jungen
Mädchens, einer Odderader Bauerntochter, nicht
eigentlich Liebesgeschichte, sondern, was für den
Dichter charakteristisch ist, auch wieder Entwicklungs=
geschichte. Das dörfliche und im zweiten Teil

das kleinstädtische Leben Dithmarschens hat in dieser Erzählung, die die erreichte Meisterschaft in der Prosa bezeichnet, die klassische Darstellung gefunden, eine Darstellung, die noch heute, in den Grundzügen wenigstens, zutrifft und dieses Werk als das modernste Klaus Groths (neben dem „Heisterkrog") hinstellt. Trina, die Heldin, gehört wie Anna im „Rotgeter" zur blonden Gattung der weiblichen Lieblingsgestalten des Dichters, die bei aller Weichheit eine große innere Stärke be- sitzen und, wie sie von stiller, ruhiger Schönheit, auch gehaltene Charaktere, klar, schlicht, maßvoll, dabei aber doch tief sind. Es ist wohl der Aufmerksamkeit wert, wie der Dichter diese Cha- raktere zur Anschauung bringt; die moderne Ana- lyse fehlt noch vollständig, alles ist Natur und wird auch als Natur gegeben, meist mit er- staunlicher Sicherheit, ohne daß je die Versuchung, künstlich zu beleuchten, an den Dichter heranträte. Hier ist etwas Aehnlichkeit mit der Weise Gott- fried Kellers. Daß Klaus Groth übrigens nicht bloß seine Lieblingsfrauengestalten überzeugend durchzuführen vermag, thun in der „Trina" die so verschiedenen Charaktere der Mathilde und der

Dücke dar. Gut gelungen sind hier auch die
Männer, der milde Bauer Jan Niklas, der Eulen=
spiegel Peter Stamp, der Honoratiorensohn und
Streber Friedrich, der Baumeister, der vom
Schlage Detlefs ist. Besonderen Wert erhält die
„Trina" noch durch die feinen Lokaltöne, die auch
die moderne Kunst nicht besser geben könnte.
Handlung enthält sie nicht sehr viel, und es mögen
wohl Klagen über ihre „Breite" laut geworden
sein, die aber hier so gut unberechtigt sind wie
etwa bei Otto Ludwigs „Heiterethei" — diese
Art Erzählungen sind ganz und gar auf das
Detail gestellt, nur dadurch ist die höchste ethno=
graphische und psychologische Treue, die ihre Auf=
gabe ist, zu erreichen.

„Um de Heid" näherte sich von allen Er=
zählungen Klaus Groths vielleicht am meisten dem
Roman, wird aber keiner. Der Hintergrund, die
Zeiten Napoleons und der Kontinentalsperre, ist
sehr bedeutend, das Schicksal Reinhold Nissens,
des Emporkömmlings (seine Stellung, nicht sein
Charakter, erinnert an den Vollmacht in „Ut de
Marsch"), hätte unzweifelhaft zu einem breiteren
Gemälde Stoff geboten, Klaus Groth ließ aber

die Liebesgeschichte Thies Thiessens, des Schreibers,
in den Vordergrund treten, dabei wieder mehr
Entwicklungs= als reine Liebesgeschichte bietend.
Reinhilde, Nissens Tochter, ist, kann man wohl
sagen, die Ausführung der Hanne in „Hanne ut
Frankrik", also dunkler Typus, der Schreiber ge=
hört der Reihe Hermann, Johannes Baas an —
Detelf und den Baumeister überragt er an Welt=
gewandtheit, obwohl er dem Kern nach ihnen
verwandt ist. Man muß überhaupt, nebenbei
bemerkt, nicht glauben, daß die Menschen Klaus
Groths nach einer Schablone wären; sie haben
bei vielen gemeinschaftlichen, den Stammeszügen
doch meist ausgeprägt individuelle Physiognomien.
In diese Erzählung sind die Jugendüberlieferungen
(nicht =erinnerungen) Klaus Groths hineinge=
flossen, und so hat sie ein stark kulturhisto=
risches Milieu erhalten, das von besonderem Reiz
ist. Auch schöne Naturschilderungen finden sich, wie
die des Einzugs des Frühlings im Norden, und
als der unerschrockene Realist, der Klaus Groth
trotz seines echten Dichtertums ist, giebt er uns
eine so treue Darstellung des Betriebs einer Oel=
mühle, daß wir fast den Geruch des Oels zu

spüren glauben. Auch ist „Um de Heid" sehr
reich an Nebenpersonen, kurz, der Dichter hatte zu
einem Roman alles zusammen. Wenn aber auch
keiner entstanden ist, die Erzählung hat doch ihre
Bedeutung als die beste Darstellung schleswig-
holsteinischer Verhältnisse in den Tagen des ersten
Napoleons, die wir bisher besitzen.

„De Waterbörs", „Witen Slachters" und „Bun den Lüttenheid" kann
man als Heider Geschichten gut zusammenstellen.
„De Waterörs" ist eine richtige Liebesgeschichte,
Anton und Marie, die Hauptpersonen, tragen im
ganzen den Detlef- und Trinatypus und darüber,
daß sie sich finden, kann im Grunde kein Zweifel
sein. Das Institut der „Wasserbörse" ist wohl
heute in Dithmarschen zu Grunde gegangen; es
fand sich einst überall und war von großer sozialer
Bedeutung, da es vom Wirtshausbesuch abhielt.
— Auch „Witen Slachters" (Wiebke, des
Schlachters Tochter) ist eine Liebesgeschichte, mit
der sich ein Stück sozialen Auf- und Absteigens
zwanglos verbindet. Witen Slachters ist die
arme Schönheit, deren Geschick in kleinen Verhältnissen auch Friedrich Hebbel, wie eine Tage-

buchnotiz berichtet, ans Herz ging und ihm, wie
ich schon andeutete, wohl die Grundstimmung
seiner „Agnes Bernauer" gab. — Eine solche
arme Schönheit ist dann auch Johanna Olden=
borg in „Bun den Lüttenheid", die unter die
Schauspieler geht. Diese Erzählung muß man
ihrer Stimmungsgewalt wegen mit unter die besten
Werke Klaus Groths zählen; sein Detelf Ramm,
der schon im „Rotgetermeister" vorkommt, ist eine
der rührendsten Gestalten seiner Dichtung, freilich
spezifisch nordelbingisch (Groth meint sogar, spe=
zifisch=dithmarsisch), so daß sie höchstens unter
Theodor Storms Menschen Seitenstücke findet.
Von kulturhistorischer Bedeutung ist in dieser Er=
zählung die Schilderung des Theaterwesens
früherer Zeit.

In allen Heider Geschichten findet man reiches
Material zu einer Lebensbeschreibung Klaus Groths;
im Grunde hat er überhaupt nur Selbsterlebtes
geschrieben. Einen direkt autobiographischen An=
lauf aber nimmt er in der Erzählung „Min
Jungsparadies", die uns nach Tellingstedt
versetzt und Schmuggel= und Jagdgeschichten mit
einer Liebesgeschichte verknüpft. Hier findet sich

wieder eines der Prachtstücke der realistischen
Milieuschilderung des Dichters, die Darstellung
einer Töpferwerkstatt, die es mit Otto Ludwigs
berühmter Schilderung der Schieferdeckerei und
manchen Zola'schen Schilderungen wohl aufnehmen
kann. Von gewaltiger Wirkung ist in dieser Er=
zählung die Katastrophe, der Schneesturm. — Ziem=
lich allein unter Klaus Groths Geschichten endlich
steht die düstere „Höber Moel“, in der
der Dichter, wohl absichtlich, manches unklar läßt.
Sie ist in gewisser Hinsicht eine Annäherung an
den Stoffkreis und die Weise Storms, vielmehr
noch als de „Heisterkrog“, doch ist der Rahmen
wenigstens echt Klaus Grothisch=volkstümlich. —
Der Vollständigkeit halber erwähne ich hier auch
noch die beiden in seine „Gesammelten Werke“
aufgenommenen Skizzen des Dichters: „Büsum.
Eine Dorfidylle“ und „Sophie Detlefs un it“,
die gleichfalls ein Stück heimischer Natur und
heimischen Lebens widerspiegeln. Die zweite ist
auch biographisch äußerst wichtig.

Alles in allem stellen sich die Erzählungen als
eine notwendige Ergänzung der beiden Teile des
„Quickborns“ dar, nicht gerade als poetischer

Kommentar, obgleich sie dem, der sich in sie ein=
liest, vielfach den Dienst eines solchen leisten,
sondern als Behandlung solcher, vor allem zu=
ständlicher Elemente des dithmarsischen Volks=
lebens, die in die Lyrik und die lyrische Epik
des Quickborns nicht hineingingen. Selbständige
und eigentümliche Schöpfungen sind sie darum
doch, so gern auch der Dichter bewußt die Sonder=
pfade schreitet, die ihn sein eigenes Leben ge=
führt, so oft er darauf ausgeht, Land und Leute
zu charakterisieren, anstatt bloß seine Geschichte zu
erzählen. Mit Fritz Reuters Romanen sind sie
in kaum einer Beziehung zu vergleichen und mit
Theodor Storms Novellen auch nicht; sie gleichen
im ganzen mündlichen Erzählungen, den Erzäh=
lungen eines scharfbeobachtenden, vielerfahrenen
Mannes mit reichem Gemütsleben, und über=
ragen durch die Fülle und die Feinheit des
Details, die Bestimmtheit der Lokalität, den
Reichtum an ungesuchter Stimmung, durch innere
poetische Wärme und zuletzt durch lebenswahre
Charakteristik auch die beste Belletristik in dem
Maße, daß man doch nicht anders kann, als sie
als wesentlich poetische Erzeugnisse zu bezeichnen,

die eben nur einer strengeren Form, eines drama=
tischeren Aufbaus ermangeln, um Meisterwerken
wie Otto Ludwigs „Zwischen Himmel und Erde"
und seiner „Heiterethei" an die Seite gestellt
zu werden. Dessen Realismus, nicht dem sg. poe=
tischen der Freytag und Reuter, die dem Leben
immer noch Gewalt anthun, gleicht der Klaus
Groths unbedingt, so verschieden der Dithmarscher
sonst auch von dem Thüringer ist. Und im ganzen
erreicht der Dithmarscher doch auch hier wieder,
wie im „Quickborn", die typische Geltung für
ganz Niedersachsen, obschon alle seine Stoffe spe=
zifisch=dithmarsisch sind. Daher war es ein Unrecht,
seine „Vertelln" über denen Reuters ganz zu
vernachlässigen, wenn dieser auch die glänzenderen
Erzählereigenschaften und einen üppigeren Humor
besaß. Die in unserm Jahrzehnt neuentstandene
„Heimatkunst" steht, wohl, ohne daß sie es weiß,
ganz und gar auf dem Boden Klaus Groths, und
so ist immerhin zu hoffen, daß sich auch für
Klaus Groths Erzählungen die „Liebe" finden
wird, die nötig ist, wenn man sie ihrem vollen
Werte nach erkennen nnd schätzen lernen soll.
Frisch sind sie noch immer und werden es noch

sehr lange bleiben und selbst, wenn sie nicht mehr unmittelbare Wirkung haben können, eine so große kulturhistorische Bedeutung behalten, wie kaum etwas anderes, was auf niedersächsischem Boden geschrieben worden ist.

XI.

Bereits 1854 waren die ersten hochdeutschen Gedichte Klaus Groths, „Hundert Blätter. Paralipomena zum Quickborn“, Müllenhoff gewidmet, erschienen. In der Zuschrift sagte der Dichter: „Sie sind fast ohne Ausnahme gleichzeitig mit dem Quickborn entstanden, teils aus den allgemeinen Formstudien, die das Werk erheischte — und manches scheinbar einfache Stück wird vielleicht jetzt kaum verraten, welche Aufgabe ich mir dabei gestellt —; teils indem Stimmungen, Gedanken und Betrachtungen einen Ausdruck suchten, die im Plattdeutschen nicht zu ihrem Recht kommen konnten. Den reichern Teil meines Stoffes zog natürlich der Quickborn an sich. Daher auch der Titel Paralipomena, was sie in der That sind.“ Der Dichter wollte durch die Herausgabe

der „Hundert Blätter" die belehren, die „den Quickborn wohl für eine Art Naturprodukt halten und
meinen, er sei mir nur so aus der Hand gefallen".
Die Kritik begnügte sich zu konstatieren, daß die
Poesie der „Hundert Blätter" nicht an die des
„Quickborns" heranreiche, die Litteraturhistoriker
schrieben es bis auf diesen Tag nach, eine gründ-
liche Prüfung der hochdeutschen Lyrik Klaus Groths
aber schenkten sie sich.

Es ist klar, daß die hochdeutsche Lyrik die Ein-
flüsse der Dichter, die auf die Entwicklung Klaus
Groths eingewirkt haben, deutlicher verraten muß
als die plattdeutsche. Goethe, Heine, Platen,
Hebbel dürften hier vor allem zu nennen sein,
doch immer klingt durch den fremden Ton auch
ein eigener hindurch. Statt der Abhängigkeit von
Hebbel könnte man wohl auch Verwandtschaft
annehmen; wenn Groth dichtet:

> „So bricht mir oft ein banger Laut
> Aus stiller Brust hervor:
> Und gäb es nichts, wovor mir graut —
> Vor diesem graut dem Ohr",

so klingt das zwar ganz Hebbelisch, aber man darf
nicht vergessen, daß der Altersunterschied der

beiden Dichter nur sechs Jahre beträgt und beide
desselben Stammes, in denselben Verhältnissen
aufgewachsen sind. Mag Klaus Groth, gegen
Hebbel gehalten, immer die weichere Natur sein,
die Neigung zum Einbohren in die eigene Seelen-
welt, wie sie in Gedichten wie „Bitte“ („Einen
einz'gen vollen Becher“), „Könnt' ich bis zum
Grund der Seele tauchen“ hervortritt, könnte
auch er recht gut als Erbschaft seines Stammes
empfangen haben. Goethe gleicht er nur in dem
Streben nach Schlichtheit seiner Lieder, von Heine
übernimmt er im Liede wie im Sonett (Fresko-
sonett) bisweilen den Ton, nie den Geist, von
Platen hat er formell gelernt, die Unlebendigkeit
seiner Dichtung jedoch recht wohl erkannt. Eine ganze
Reihe von Gedichten der hundert Blätter sind
aber schon voll selbständig, einzelne so vollendet, daß
man gar nicht bestreiten darf, Klaus Groth würde,
wenn er, anstatt mit Heimat und Volkstum so
eng verwachsen zu sein, sich von ihm hätte lösen
können (eine unmögliche Annahme freilich), auch
ein großer hochdeutscher Lyriker geworden sein.

    Das berühmteste aller hochdeutschen Gedichte
Klaus Groths ist das von Johannes Brahms

komponierte „Regenlied", schon in den ersten fünfzig der hundert Blätter enthalten, ein lyrisches Meister= stück. Trotzdem es bekannt genug ist, darf es hier doch nicht fehlen:

> „Walle, Regen, walle nieder,
> Wecke mir die Träume wieder,
> Die ich in der Kindheit träumte,
> Wenn das Naß im Sande schäumte;

> Wenn die matte Sommerschwüle
> Lässig stritt mit frischer Kühle,
> Und die blanken Blätter tauten
> Und die Saaten dunkler blauten.

> Welche Wonne, in dem Fließen
> Dann zu stehn mit nackten Füßen!
> An dem Grase hinzustreifen
> Und den Schaum mit Händen greifen.

> Oder mit den heißen Wangen
> Kalte Tropfen aufzufangen,
> Und den neu erwachten Düften
> Seine Kinderbrust zu lüften!

> Wie die Kelche, die da troffen,
> Stand die Seele atmend offen,
> Wie die Blumen, düftetrunken
> In den Himmelstau versunken.

9*

Schauernd kühlte jeder Tropfen
Tief bis in des Herzens Klopfen,
Und der Schöpfung heilig Weben
Drang bis ins verborgne Leben. —

Walle, Regen, walle nieder,
Wecke meine alten Lieder,
Die wir in der Thüre sangen,
Wenn die Tropfen draußen klangen!

Möchte ihnen wieder lauschen,
Ihrem süßen, feuchten Rauschen,
Meine Seele sanft betauen
Mit dem frommen Kindergrauen."

In die „Hundert Blätter" ist Klaus Groths per=
sönliche Erotik hinübergeflossen — im „Quick=
born" gewann die Erotik, wie erwähnt, stets volks=
liedartigen Klang. Charakteristisch ist etwa das
folgende Gedicht:

„Es hing der Reif im Lindenbaum,
Wodurch das Licht wie Silber floß;
Ich sah dein Haus, wie hell im Traum
Ein blitzend Feenschloß.

Und offen stand das Fenster dein,
Ich konnte dir ins Zimmer sehn —
Da tratst du in den Sonnenschein,
Du dunkelste der Feen!

Ich bebt' in seligem Genuß,
So frühlingswarm und wunderbar:
Da merkt' ich gleich an deinem Gruß,
Daß Frost und Winter war."

Die „Gesammelten Werke" enthalten im Anschluß an die „Hundert Blätter" auch die Gedichte Klaus Groths an seine Frau, und dadurch hat die Liebeslyrik des Dichters eine große Bereicherung erfahren. Es sind meist kleine Stücke, Augenblicksverse, aber viele von unmittelbarer, schlichter Schönheit:

„Wo dein Fuß gegangen,
Wo gehaucht dein Mund,
Wo dein Blick gehangen:
Da ist heil'ger Grund.

Geh ich jetzt alleine,
Wo du je gewallt,
Seh' ich immer deine
Weihende Gestalt."

Oder:

„Ich wandere einsam,
Dann ahn' ich dich,
Es rauscht im Baume,
Dann hör' ich dich.

Ich schließ die Augen,
Dann auch im Traum
Hör' ich dich flüstern
Wie Laub am Baum."

Überhaupt ist aus dem verschwiegenen Pult des
Dichters noch so Mannigfaltiges zu den hoch=
deutschen Gedichten Klaus Groths hinzugekommen,
daß es sich empfehlen würde, von den alten
„Hundert Blättern“ ganz abzusehen und eine neue
Ausgabe der hochdeutschen Gedichte in ganz neuer,
etwa chronologischer Anordnung zu schaffen.

Vor allem bedeutend ist der hochdeutsche Dichter
Klaus Groth als Sonettist; ich stehe nicht an, ihn
als solchen neben die größten deutschen zu stellen,
er hat in dieser Form alles geschaffen, was darin
zu schaffen ist. Wie der „Volksdichter“ gerade auf
das Sonett verfiel, läßt sich aus dem Gesetz des
Gegensatzes wohl sehr einfach erklären. Zum
Überfluß hat's der Dichter auch noch selber gesagt:

„Im engen Maß beschränkender Sonette
Beweg' ich mich mit sicherndem Behagen,
Dem Vogel gleich, der lange sie getragen
Und nicht mehr fühlt am zarten Fuß die Kette.

Wohl, wenn ich noch die leichten Schwingen hätte,
Den freien Flug in Liederlust zu wagen,
Dann sollt' es mich bis in die Wolken tragen,
Bis zu des Herzens tiefverborgner Stätte.

Es wandelt gern die engen Gartenräume
Ein müder Fuß und täuscht die innre Schwäche
Stets wieder wandelnd die vertrauten Wege.

Gesichert durchs beschränkende Gehege
Beschaut der freie Blick die weite Fläche
Der lauten Welt im Rahmen stiller Bäume."

Ich setze noch eine Reihe der schönsten Sonette
hier und überlasse dem Leser selbst das Urteil.

Heimweh.

Kein Blümchen blüht vereinsamt hier am Strande,
Es spricht zu mir und meldet stille Grüße
Und flüstert mir die wehmutvolle, süße
Erinnrung zu aus meinem Vaterlande.

Das arme hier im dunkelen Gewande,
Es sieht mich an, als ob es mit mir büße,
Wo blindlings treten harte, fremde Füße
Am öden Weg, im fremden dürren Sande.

Ich kenne dich, du Hälmchen, spar' dein Nicken!
An jenem Platze — gelt? — da war es lieber!
Da konnte keine fremde Hand dich knicken.

Vergißmeinnicht? Grüß Gott! ich muß vorüber!
Verfolgt mich nicht mit euren blauen Blicken!
Die Seele wird mir trüber, immer trüber.

An meine Tante Christine.

Wenn ich am Knabenspiel mich satt genossen,
Dann hört' ich in der süßen Dämmerstunde
Geschichten wunderbar aus deinem Munde,
Bis Traum und Wachen ineinander flossen.

So hast du meine Seele aufgeschlossen
Und Poesie gesät und Lebenskunde,
Und sollten Blüten wachsen auf dem Grunde,
Aus diesem Samen wären sie entsprossen.

O konntest du nicht bleiben, sie zu warten?
Es wuchern in den Beeten wilde Ranken,
Die besten Pflanzen knickten Stürme nieder.

Du sätest einen vollen Blumengarten,
Doch wuchsen auf den himmlischen Gedanken
Nur einzeln, spärlich trübe, dunkle Lieder.

Das Wissen ist dem Künstler ganz entbehrlich,
Wie Steine dient es höchstens noch als Ballast.
Man zimmert jetzt aus Kautschuk einen Palast,
Solider Grund und Mauern sind beschwerlich.

Man sieht es an Homer und Goethe klärlich,
Wie das Genie das Rechte überall faßt,
Wie's garnichts weiß, und doch der Sinn zum Schall paßt,
Wie's garnichts lernt, und dennoch zunimmt jährlich.

Es soll die Kunst des Lebens mild verklären —
Die erste Kunst des Künstlers ist, zu leben,
Und nicht den Kopf mit Grübeln zu beschweren.

Die zweite: auch den Leser zu erheben,
Das heißt: womöglich seine Wurst verzehren,
Und aufgeblaf'ne Därm' ihm wiedergeben.

Fanciulletta.

Du bist noch gar zu jung und unerfahren!
Du lernst noch Einmaleins und Tausend zählen,
Und von der Mutter, weißen Flachs zu strählen
Und süße Frucht dem Winter zu bewahren.

Wie kämest du in deinen Kinderjahren
Zu der Vermessenheit: ein Herz zu stehlen,
Ein Männerherz sirenenhaft zu quälen,
Den Fels zu fesseln mit den Lockenhaaren!

Du sitzest vor dem Buche wie ein Bübchen,
Und vor der Mutter wie vor dir dein Hündchen —
Ich lege kühn die Hand dir auf die Locken.

Doch kaum mit dir allein — bin ich erschrocken!
Es lacht der Schelm dir aus den Wangengrübchen
Und kühner Witz, erwachsen, dir ums Mündchen.

———

Geschmückte Scharen wandeln längst den Steigen,
Wo Ulmen schattig hohe Äste strecken;
Von Seide blitzt und rauscht es aller Ecken,
Beblümte Hüte heben sich und neigen.

Ich schlendre in Gedanken fort und Schweigen;
Mich locken blühende Syringenhecken,
Der Rinder Herden, die im Gras sich strecken,
Und Vogelsang aus unbemerkten Zweigen.

Doch kommt dein leichter Hut von fern gezogen —
Und ach! wer schaut ihn nicht, auch in der Ferne?
Und kennt ihn nicht an diesem eignen Nicken?

So möcht' ich wenden mit den trunknen Blicken
Und folgen durch die kalten Menschenwogen
Wie ein Pilot dem heimatlichen Sterne.

Abendruh.

Ich sehe Rauch aus fernen Hütten steigen,
Er wallet ruhig aus den stillen Bäumen;
Der Abend haucht ihn an mit goldnen Säumen,
So steigt er auf im allgemeinen Schweigen.

Aus weiter Ferne hör' ich nur den Reigen,
Er kommt herab, wie aus den Wolkenräumen,
Und stirbt dahin, wie Weh, in süßes Träumen,
Ein Abendsegen mild und wundereigen.

Und mit den Wolken wallen die Gedanken
Und schweben mit den Tönen die Gefühle
Hinauf, hinunter wie die Wipfel wanken.

Auf Engelsschwingen nach des Tages Schwüle,
Wenn alle Wünsche tief in Ruh versanken,
Erhebt sich sanft ein Hauch der Abendkühle.

Morgenlicht.

Ein stiller Rauch von tiefer Himmelsbläue
Entwirbelt schon den grün belaubten Zweigen,
Die Morgennebel heben sich und steigen,
Die Welt erwacht und lebt und liebt aufs neue.

Es naht die Sonne, daß sie Perlen streue
Auf Blumen, die im Tau die Häupter neigen;
Die Vögel prüfen ihren alten Reigen,
Der junge Tag ist da in alter Treue.

Auch meine Seele hebt sich aus den Träumen:
Der Nebel weicht der frischen Morgenhelle
Und wallt dahin in goldnen Wolkensäumen.

Und neues Leben fließet Well' auf Welle
Mit jedem Tone aus den grünen Bäumen,
Wie junges Licht aus ew'ger Sonnenquelle.

Klaus Groth hat die Sonettform auch benutzt, um seine Weltanschauung niederzulegen, überhaupt muß man, wenn man sein geistiges Leben kennen lernen will, sich vor allem an die sehr zahlreichen Sonette halten. Der schon öfter erörterten Frage, was sie in deutscher Kunst überhaupt sein können, will ich hier nicht nahetreten; so viel ist sicher, daß die Form vielen unserer großen Dichter, Goethe, Hebbel, zu Zeiten Bedürfnis gewesen ist.

Daß Klaus Groth trotz seiner hochdeutschen Gedichte der Dichter des „Quickborns" bleibt, versteht sich von selbst. Aber etwas mehr Aufmerksamkeit, als sie bisher gefunden haben, verdienen die hochdeutschen Gedichte doch, um ihrer selbst, um der Entwicklung und litterarischen Stellung des Dichters willen.